「ルイン、行くわよ」
ぐい、と手を引かれた為に驚いてみると、アンゼリカが目を爛々と輝かせていた。
「ちょ、ちょっと！ ア
そんなに急がなく
ないって！」

「なっ――ちょ、どこ見てるのよ!?」

セレネ
ルインの元パーティーメンバー。

賢霊王のジョブを持ち、強力な精霊を自在に操る。

「大きさを誇るなんて野蛮極まりないわ」

アンゼリカ
「支海の魔王」として君臨した女帝。

海に生きる生物や、海そのものを操る。

「ほう。露天風呂か。
これは見事だな」
「……サシャもセレネも、
改めてみるとやっぱり大きいね」
リリス
ルインにテイムされた『獣の魔王』。
全ての魔物の力を再現する能力を持つ。
サシャ
『死の魔王』と呼ばれた最古の魔王。
あらゆるものを破壊する炎を生み出す。

肉薄し、突き出すルインの剣を、
ロディーヌは背後から抜いた長剣で正面から受け止めて。
挑発的に、告げた。
「さぁ。心震える死合を、
始めるとしよう！」

魔王使いの最強支配 3

空埜一樹

HJ文庫
1009

口絵・本文イラスト　コユコム

The demon lord tamer's
strongest domination

序章——闇からの目覚め

たとえるならばそれは、深く暗い沼《ぬま》の底にいるような感覚だった。

体を縛《しば》られているわけでも、四肢《しし》を拘束《こうそく》されているわけでもない。

しかし決して逃《のが》れられぬ汚泥《おでい》によって、緩《ゆる》やかに、けれど絶対に逃さぬという意志の下、ここに留め置かれているような。

そんな形容しがたい不快感が、永続的に己《おのれ》を支配している。

何年。何十年。ひょっとすれば何百年。

その間ずっと、夜よりも尚《なお》、闇に満ちた空間が、視界全てを埋《う》め尽《つ》くしていた。

常人であればとっくの昔に正気を逸《いっ》していたであろう。

いや、己とて、いつおかしくなっても不思議ではない。

朦朧《もうろう》としながらもまともな思考を保っていられるのは、ひとえに確率に過ぎない。

今、問題ないからといって、次の瞬間《しゅんかん》、問題が起こるかもしれなかった。

だが救いはない。ここを抜《ぬ》け出せる可能性もない。

The demon lord tamer's strongest domination

故《ゆえ》に、ただここにじっと居続けるしかなかった。

そうして――半ば諦《あきら》めかけていたその時。

不意に、闇に光が差した。

それは徐々《じょじょ》に大きくなり、暗黒を食い尽くし、やがては世界を取り戻《もど》す。

気が付いた時。『彼女《かのじょ》』は、久方ぶりの硬《かた》い地面に足を下ろしていた。

「……お目覚めですか」

薄暗《うすぐら》い――それでも先程《さきほど》まで居た空間よりはずっとマシだ――部屋の中、眼前には跪《ひざまず》く男が居る。人間のように思えたが、その背からは一対の翼《つばさ》が生えていた。魔族《まぞく》だ。

「汝《なんじ》が……汝が私を解き放ったのか」

口を開き、喉《のど》を震《ふる》わせるが、声は枯《か》れていた。無理もない。以前に喋《しゃべ》ったのがどれほど前になるか、見当もつかなかった。

「左様に御座《ござ》います。我《わ》が主の命に従い、貴女様《あなたさま》を縛る忌《い》まわしき封印《ふういん》を打ち破りまして御座います」

「……我が主？」

誰《だれ》のことだ、と首を傾《かし》げたが、わずかに顔を上げた男は微笑《ほほえ》むだけだ。気にすることはない、ということかもしれない。

「ふむ。それはご苦労。して、何が望みだ？」

「望み、で御座いますか？」

「ああ。わざわざ私をこの世界に呼び戻したのだ。何か求めるものがあるのではないか」

沈黙《ちんもく》。男はしばらくの間、再び俯《うつむ》いて一切《いっさい》口を利《き》かなかった。しかし、

「そんなものはありませぬ」

「……なに？」

「貴女様が再びこの世に君臨すること。それが我が主の望み。それ以外はありませぬ」

「ほう。ならば、汝はただ私の封印を解く為《ため》だけにここに？」

「左様に御座います。貴女様に於かれましては、取り戻した力にてかつての如くまた、その心のままに生きられますよう」

「……なるほどな」

頷《うなず》いてみせてはみたが、その言葉を額面通り受け取るほど愚《おろ》かではない。

何が目的か——気にかかるものはあったが、さりとて男を追及《ついきゅう》するでもない。

どのような考えをもとうと、目の前の相手が自分に敵《かな》うとは思えなかった。

侮《あなど》りではなく確信に近い判断だ。

たかが魔族一人が、どうにか出来るわけもないのだ。

「いいだろう。汝の思う通りにしてやろう」

微笑《びしょう》と共にそう告げて、高みから男を見下した。

「このロディーヌ——再び我がままに振る舞《ふま》おうぞ」

第一章——突然の再会に報はもたらされ

The demon lord tamer's strongest domination

神聖なる森の静寂《せいじゃく》を、けたたましい鳴き声が打ち破った。

林立するうず高い木々の更《さら》に上空、そこに鳥を思わせる異形の生物が居る。

鴉《からす》の如き黒き濡羽《ぬれは》は空を覆《おお》い隠《かく》す程《ほど》に大きく、一度はためかせれば周囲に猛烈《もうれつ》な衝撃波《しょうげきは》を撒《ま》き散らす。その顔には三つの赤い眼が並び、嘴《くちばし》は鋭《するど》く螺旋状《らせんじょう》に尖《とが》っていた。

異形の周囲には同じような姿をした、しかしその体を二回りほど小さくしたようなものが何十匹《びき》と存在し、羽ばたきの音と共に滞空《たいくう》している。

「あれが依頼《いらい》にあった【クレイブ・バード】か……」

対象を見上げながら、ルインは呟《つぶや》いた。

空を自在に駆《か》ける魔物《まもの》である。猛速度《もうそくど》で突《つ》っ込《こ》んで、その嘴によって鋼鉄さえ貫《つらぬ》いてしまう。

加えて特徴的《とくちょうてき》なのは、多くの『配下』を連れて群れで行動することである。

クレイブ・バードの体長は大体が人の身《み》の丈《たけ》ほどであるが、稀《まれ》にそれを大きく超《こ》えた巨大な個体が誕生することがある。

その希少個体とも呼べるものは同種を従える長となり、集団で人を襲《おそ》うようになるのだ。

一匹だけでも脅威的《きょういてき》なクレイブ・バードが群れとなって攻撃《こうげき》して来た時の恐《おそ》ろしさは筆《ひっ》舌《ぜっ》に尽くし難《がた》く、一晩で街が壊滅《かいめつ》したこともあった。

よって目撃《もくげき》情報があれば即座《そくざ》に冒険者《ぼうけんしゃ》ギルドに討伐《とうばつ》依頼《いらい》が出されることが通例になっており――ルインは旅の資金集めのためにそれを受けたという次第《しだい》である。

「ふん。いかに数を増やしたとしても鳥は鳥。この最古にして最強たる【死の魔王《まおう》】の敵ではないわ」

ルインの隣《となり》で、ふてぶてしい声が告げる。視線を傾《かたむ》けるとそこにはサシャが居た。

長い黒髪《くろかみ》に切れ長の目を持ち、漆黒《しっこく》のドレスを身に着けている。

彼女の挑発《ちょうはつ》を理解したわけではないだろうが、不意に、長である巨大《きょだい》なクレイブ・バードがひと際《きわ》大きな声を上げた。

それは恐らく号令のようなものだったのだろう。一斉《いっせい》に周囲の配下達が降下してくる。

視界を埋め尽くすような何十もの魔物が揃《そろ》ってその身を旋転《せんてん》させ、掘削《くっさく》能力に長《た》けた嘴で迫《せま》って来た。

「纏《まと》めて滅《ほろ》びろ。【絶望破壊《グラン・ディスティア》】……！」

サシャがわずかな恐れも見せずに告げると、その身から漆黒の炎《ほのお》が立ち昇《のぼ》る。魔族の君主たる彼女がもつ膨大《ぼうだい》な【魔力《まりょく》】を糧《かて》にして生まれた【権能《けんのう》】――全てを破壊する力だ。

炎はサシャの意志に従いクレイブ・バードの群れまで走ると、そこで激しく弾《はじ》けた。

急速にその範囲《はんい》を拡大させる火の波は集団の半分以上を飲み込み、即座に消滅《しょうめつ》させる。

「フハハハハハハハ！　どうじゃ、見たか！　文字通り烏合《うごう》の衆などわらわの手にかかればこのようなものよ！」

豊満な胸を張って勝ち誇《ほこ》るサシャだったが、そんな彼女に水を差す者が現れた。

「どうせなら全部一気に倒《たお》しなさいよ。最古にして最強の魔王さん」

サシャの傍《そば》に立ったのは、一人の少女である。深い海を思わせるような色の髪を片方で括《くく》り、気の強そうな鋭い目を持っている。外見は人間と変わらないが、その耳のみ、彼女が魔族であることを示すように尖っていた。

「ふん。新参者のお主にも華《はな》を持たせてやろうと思ったのだ。【支海《しかい》の魔王】の出番がとられたと、後で文句を言われては敵わんからの」

唇《くちびる》を尖らせるサシャに、少女――アンゼリカは「あらそう」と肩《かた》を竦《すく》める。

「ご配慮《はいりょ》どーも。それなら――あたしの力も見せてあげようかしら！」

言って手を翳《かざ》すと、空中に幾《いく》つもの水球が浮《う》かび上がり、集結すると一本の槍《やり》になった。

先が三又《みつまた》になった得物を握《にぎ》りしめ、アンゼリカが高く掲《かか》げると、その先端《せんたん》から激しい水流が巻き起こる。彼女の権能【蒼帝園舞《グランブル・ガーデン》】の効果だ。

轟々《ごうごう》と唸《うな》り渦《うず》となったそれは、凄《すさ》まじい勢いでクレイブ・バードの群れに直撃《ちょくげき》する。

サシャが逃した——彼女曰くわざとだということだが——モノ達が一気に巻き込まれ、押《お》し流《なが》されて、そのまま地面に叩《たた》きつけられた。

だが、わずかな数が空中で身を翻《ひるがえ》し、瀬戸際《せとぎわ》でかわす。

「お主こそせっかくの機会を無駄《むだ》にするでない。まだ生き残っておるではないか」

サシャが指摘《してき》すると、アンゼリカはわずかに顔を赤くして言い返した。

「う、うるさいわね。中には変にすばしっこい奴《やつ》だっているわよ！　見てなさい。次の攻撃で全て撃《う》ち落として……」

「いや、後はオレがやるよ。二人ともありがとう」

ルインは即座に動こうとするアンゼリカをやんわり押し留《とど》め、一歩前に出る。

「む。大丈夫《だいじょうぶ》か、ルイン。大半が減ったとは言え、まだそれなりの数は居るが」

サシャの忠告にも微笑み、意識を集中。己の中にある力——【スキル】を呼び起こす。

「【魔装覚醒《まそうかくせい》】」

声は力を起動させる仕掛《しか》けとなり、何も無い虚空《こくう》に特殊《とくしゅ》な現象を発生させた。

轟、と。漆黒に満ちた【魔装の破炎《まそうのはえん》】が勢いよく立ち昇る。

まるで取り残されてしまった夜の残り香の如きそれに、ルインは躊躇《ためら》いなく手を突っ込んだ。だが外観から予想されるような、焼き焦《こ》がす痛みや熱さはない。

代わりに指先へ触《ふ》れたのは固い感触《かんしょく》。逃さぬようしっかりと握りしめて、ルインはそれを引っ張り出した。

炎が音もなく消失する代わりに現れたのは、ルインの腕《うで》ほどもある長い筒《つつ》である。

鉄でも鋼でもなく、金でもなく銀でもなく。しかし角度を変えればそのどれでもあるような輝《かがや》きをもつ、不可思議な金属によって造られていた。全体に細かく意匠《いしょう》が施《ほどこ》されており、後方には手のひら大の、黒色を湛《たた》えた宝玉が嵌《は》め込まれている。

たとえるならば、酔狂《すいきょう》な貴族が職人に命じて造らさせた実用性のない小型の【砲筒《ほうづつ》】のようだ。

筒の二か所に金具がついており、何かに装着できる仕組みとなっていた。

ルインは得物――といっていいのか外見からは判断しにくいが――を左手に掴《つか》み直すと、自らの腕につけた。すると特に何か操作することもなく自動的に金具が動き、音を立てて固定される。

ルインは何度か腕を振るが、筒は一向に外れる気配がなかった。拘束されているような窮屈《きゆうくつ》さはないが、相当にしっかりと嵌め込まれているようだ。

「ん、ルイン、もしかしてそれって……」

興味を惹《ひ》かれたように訊《き》いてくるアンゼリカに、ルインは答えた。

「ああ。君をテイムしたことで手に入れた、新しい武器だ」

具合を確かめた後、ルインは左足を下げ、右足を前に出した。

筒をゆっくりと持ち上げ、その先端を、こちらを警戒《けいかい》するように佇《たたず》むクレイブ・バードの群れに向ける。

狙《ねら》いをつけた後、短い呼吸を挟《はさ》んで――静かに告げた。

「吼《ほ》えろ。【海竜《かいりゆう》の咆哮《ほうこう》】」

瞬間。鈍《にぶ》く低い音が、音の無い森に響《ひび》く。

空気を震わせながら筒の先から射出された物体が、真《ま》っ直《す》ぐに相手へと走った。

それは言うなれば水の塊《かたまり》だ。ありえない話ではあるが海の水の一部を掬《すく》いあげ、泥団子《どろだんご》のようにこね回して丸くしたような物が、やがて群れの一匹に直撃する。

攻撃を受けたクレイブ・バードが弾けるような音を立て、跡形《あとかた》もなく消え去った。

「ほう。これは中々……」

感心したように零《こぼ》すサシャへ、ルインは首を横に振った。

「いや。まだだ」

ルインはそのまま体勢を変えず、再び【筒】を起動させた。

その間に危機感を覚えたのか残ったクレイブ・バードの群れが動き始めた。ルインに狙いをつけて、再び急速に降下を始める。

それらに対し、ルインは武装がもつ力を発揮させた。

立て続けに鳴り渡《わた》る砲撃音《ほうげきおん》。筒の先から勢いのままに次々と水球が飛び出す。それらはルインが狙いをつけた獲物《えもの》を正確に穿《うが》っていった。

間髪《かんはつ》を容れず放たれる暴力は魔物達《まものたち》を容赦《ようしゃ》なく落とし、無惨《むざん》な有様を作り出していった。

十発ほど繰《く》り出したところで、ルインは手を止める。

あれほど居たクレイブ・バードは、綺麗《きれい》さっぱり排除《はいじょ》されていた。

残された長だけが、怒《いか》りを示すようにして耳障《みみざわ》りな鳴き声を上げる。

即座に向かって来ようとするが、サシャとアンゼリカが炎と水を連発すると、それらを回避《かいひ》し、遠ざかる。

一旦《いったん》落ち着いたところで、サシャが口を開いた。

「超高速《ちょうこうそく》の連続的な水撃の射出か……。一発一発は【爆壊《ばっかい》の弓】には劣《おと》るようじゃが、この速射性は評価に値するな」

彼女の言う通り、並の相手であれば、反撃《はんげき》する隙《すき》を与《あた》えることもなく圧倒《あっとう》出来るだろう。

「腕に装着することで手が空くのも有難《ありがた》いな。色々と応用が利きそうだ」

ルインが感想を述べていると、アンゼリカが不満げな声を漏《も》らした。

「悪くないけど、あたしの力を再現しているとは言えないわね。もっと派手にやれないわけ？」

「派手にって、具体的に言うと？」

「知らないわよ。そういうのはあなたが考えなさいよ。それがあたしをテイムした責任ってやつでしょ」

「無茶苦茶《むちゃくちゃ》なことを言うのう、お主は」

サシャが呆《あき》れたように言うが、ルインは笑《え》みを浮かべながら、

「分かった。アンゼリカの期待に沿えるかどうかは分からないけど、もう一つの機能があるからやってみようか？」

「あら、勿体《もったい》ぶるわね。どんなものなの？」

「ああ。この【海竜の咆哮】には二つの機能があってね」

ルインはわずかに意識を集中し、眼前に文字を出現させた。

女神《めがみ》アルフラの恩恵《おんけい》たる【ジョブ】やその上位である【ハイレア・ジョブ】を持つもの

だけに見える、彼《かれ》の者からの言葉だとされる【託宣《たくせん》】である。

内容は多岐《たき》にわたるが、ジョブがもつ性能やスキルの説明もその一つである。

「リリスの力を再現した【獣王の鉄槌《てっつい》】のようにか？」

サシャが首を傾げるのに、ルインは【海竜の咆哮】に関する託宣を読みながら「いや……」と答えた。

「どちらかというと、状況《じょうきょう》に合わせて使い分けられるって感じかな」

「御託《ごたく》はいいからやってみなさいよ。見てみたいわ」

催促《さいそく》するアンゼリカに頷き、ルインは再び前を向く。先程と同じように両足をそれぞれ前と後ろに出し、砲筒を最後に残されたクレイブ・バードの長へと向けた。

「二人とも、ちょっと下がっていてくれ」

「なに？　周りに影響《えいきょう》を及《およ》ぼすようなものなの？」

「いや。そういうことじゃないんだけど……さっきアンゼリカが見た物が連射性に特化した物だとすれば、こっちは一撃《いちげき》に重きを置いていて。ちょっと威力《いりょく》が想像出来ないんだ」

「初めて試《ため》すわけ？」

「少し前に一度だけやったんだけど、今回は少しそれとは違《ちが》ってて。とにかく、なにかあったら不味《まず》いから、距離《きょり》をとってくれると助かる」

「ふむ。ならば言う通りにしておいた方が良さそうじゃな」

サシャが後退していくのに、アンゼリカも続く。

「ありがとう。じゃあ……やるか」

ルインは念《ねん》の為、腕を衝撃《しょうげき》で持っていかれないように左手で押さえこんだ。

その動きで何かを感じとったのか、巨大なクレイブ・バードは再び攻撃の構えをとる。

砲撃《ほうげき》である以上、下手な真似《まね》をすればその俊敏《しゅんびん》な動きで避《よ》けられてしまう可能性はあった。が、手は既《すで》に打っている。

「リリス！　今だ！」

ルインが叫《さけ》ぶと、森の木が激しく揺《ゆ》れた。

「……了解《りょうかい》」

葉と葉の間から小さな影《かげ》が飛び出し、真っ直ぐにクレイブ・バードへと向かう。

空を溶《と》かしたような髪を肩の辺りで切った少女だ。魔物の力を再現する自身の権能によって、その背から双翼《そうよく》を生やし、相手へ突っ込んでいく。

距離を詰《つ》めたところで、彼女――リリスは両腕《りょううで》を前に出した。

瞬時《しゅんじ》に肌《はだ》が灰色に近い色へと変化し、幾つもの深い皺《しわ》が刻まれる。さながら成熟し切った木のような体をなしたそれは一気に伸長《しんちょう》し、枝葉を伸《の》ばすと、クレイブ・バードの羽に纏わりつき、何重にも亘《わた》って縛り付けていく。

【ウッド・ブレイン】と呼ばれる魔物の能力だった。

飛行能力を封《ふう》じられた相手はやがて、自由落下を始めた。

「ありがとう。もういいよ。君も離《はな》れていてくれ！」

ルインの指示に頷き、リリスは腕の変化を解くと即座に後ろへ退く。

だが彼女の生み出した枝葉だけは、未《いま》だにクレイブ・バードを拘束し続けている。

「さて。そろそろ行こうか」

言ってルインは、左手で砲筒の宝玉に触れた。途端《とたん》にその色が、黒から翠《みどり》へ、更に蒼《あお》へと変わる。

それと同時に先端に光が集まり始め——間を置いて、託宣が現れた。

『集中砲撃可能。現在の段階は《海王《かいおう》級》です』

準備は完了《かんりよう》。何が起こってもいいように覚悟《かくご》を決め、ルインは高々と叫んだ。

「喰《く》らいつけ——【海竜の咆哮】ッ！」

刹那《せつな》。途方《とほう》もなく巨大な異音が、森中に轟《とどろ》き渡った。

先程《さきほど》撃った時のものを遥《はる》かに凌《しの》ぐ、衝撃というには埒外《らちがい》なほどの震動《しんどう》がルインを中心にして辺り一帯を襲い——。

「……ッ⁉」

ルインは、その反動で踏《ふ》ん張る余裕《よゆう》すらなく後方に大きく吹《ふ》き飛ばされた。

「うおっ。大丈夫か、ルイン⁉」

急いでサシャが受け止めてくれたが、そうしなければどこまで転がっていったか分かったものではなかった。

「……これは……」

痺《しび》れて感覚がほぼ失われてしまった腕を上げたまま、ルインは呆然《ぼうぜん》として前方を見る。

「……嘘《うそ》でしょ」

アンゼリカもまたルインの隣で口を開け、呆気《あっけ》に取られていた。

巨大なクレイブ・バードの体が、一瞬《いっしゅん》にして跡形もなく消えている。

いや、それどころではない。

相手の背後にあった森の一部までもが――完全に無くなっていた。

大量の木々が根こそぎ消滅しており、地面も想像を絶するほど巨大な蛇《へび》が通ったかのように、深く抉《えぐ》れている。

「とんでもない反動だったけど、一体なにがあったんだ……？」

放ってすぐに撥ね飛ばされてしまった為、力を使ったルイン自身も状況が全く掴めていなかった。

「わらわの見間違《みまちが》いでなければ、とてつもなく強烈《きょうれつ》な水流が筒より真っ直ぐに飛び出し、魔物だけでなくあらゆるものを瞬時に押し流していった。さすがに驚《おどろ》いたぞ」

サシャの言葉に、アンゼリカもようやく我を取り戻したかのような顔で何度も頷く。

「そういうことか。いや、しかし、予想以上だな……」

規模だけで言えば、今まで使った武器の中でも群を抜いて凄まじかった。これほどであれば、仮に一師団が相手でも強制的に退けることが可能だろう。

「びっくりした。まさかあんなことになるとは思わなかったよ」

やがて上空からリリスが降りて来ると、言葉とは裏腹に無表情のまま告げた。

「さ……さすがあたしの力を使った武器ね！　そうよ！　これくらいでないと納得《なっとく》がいかないわ。褒《ほ》めてつかわすわよ、ルイン！」

未だ面食らっている様子だったが、それでもアンゼリカは嬉《うれ》しそうに高笑いする。

「威力は落ちるが連射できるものと、威力は絶大じゃが一発撃つだけで反動も凄まじいというもの、というわけじゃな。しかし、まあ、優《すぐ》れた魔装であることは認めるが……少々、使い勝手が悪いのではないか。使う度に毎回この威力、それにルイン自身にも被害《ひがい》が及ぶのだとすれば、おいそれとは利用できまい」

「いや……その辺は大丈夫だと思う」

サシャの分析《ぶんせき》に対して、ルインは首を横に振った。

「砲撃は三段階に分かれていて、筒についた宝玉に触れることで威力を上げられる。で、さっき使ったのは二段階目なんだ。以前一人の時に試したのは一段階目で、その時のはこまでじゃなかった。だから状況に合わせて使い分けていけばいい」

「待て。ならば、先程撃ったものの更にもう一つ上があるということか⁉」

「そういうことだな。でも二段階目の結果を見るに、そっちはここぞという時に使うようにしないと危ないな……」

なんとも難しい武器だ、と思いながら、ルインは告げる。反動もそうだが、どれだけの被害をもたらすか、考えただけでもぞっとする。

「うむ。まさに必殺の武器というやつじゃな。扱《あつか》いが面倒《めんどう》という意味なら、なるほど、アンゼリカに相応《ふさわ》しいと言えるが」

「ちょっとどういう意味よそれ」

むっとした様子のアンゼリカを特に意に介《かい》することも無く、サシャは答える。

「お主の扱いが面倒だという意味じゃ」

「はっきり言ったわね⁉」

「訊いてきたのはお主じゃろうが⁉」

「だからって直接的に言わなくてもいいでしょ⁉　あたしが傷つかないとでも思ってるの⁉

いやこれくらいでは傷つかないけど！」

「ならいいじゃろ！」

「傷つかないけど傷つく可能性を考慮しろって言ってるのよ。無神経ね！」

「やっぱり面倒くさいの、お主……」

放っておけば延々とやっていそうな二人を、ルインは「まあまあ」と宥《なだ》めた。

「ともかく武器の性能は確かめられたよ。魔物も倒したし、ギルドに戻って報告しよう」

サシャとアンゼリカは互《たが》いにまだ燻《くすぶ》っているような様子を見せていたが、ここで言い争っていても何にもならないと踏んだのだろう。ひとまずは矛《ほこ》を収めて、ルインの提案を受け入れた。

そうして、揃って森を出たところで、

「ところで。報告が終わったらご飯食べない。お腹《なか》空いた」

リリスが唐突《とうとつ》に発言する。

「ああ、それもそうね。新鮮《しんせん》な野菜が食べたいわ」

アンゼリカが同意するように言って頷くのに、サシャが素早《すばや》く反対した。

「なにを言う。欲《ほっ》しておるのは甘味《かんみ》じゃ。卵液《らんえき》につけたパンを焼き、蜂蜜《はちみつ》とバターをたっぷりかけて食べるのじゃ」

「二人とも間違《まちが》ってる。肉一択《たく》だよ。血が滴《したた》るような肉を豪快《ごうかい》に焼いて食べたい」

「下品ねえ。いやしくも魔王の冠《かんむり》を持つならもっと格式あるものを食しなさいよ。栄養満点の野菜こそ、その真骨頂なんだから」

「野菜なんてただの草じゃろうが。わらわは牛ではないぞ！」

「甘味なんて食べてたら太るでしょ!?　海の水が空へと上がり雨となり大地を潤し、やがては野菜を生みだすのよ。だから野菜を食べなさい、野菜を！」

「肉……肉は譲《ゆず》れない……」

「わ、分かった、分かった。全部食べられる店を探すことにしよう」

サシャとアンゼリカが、リリスを交えて火花を散らし舌戦《ぜっせん》を開始するのを、ルインは穏《おだ》やかに宥めようとした。

だが、その時。

『……イン……ルイン……』

不意にどこからか声が聞こえると共に、ルイン達の前に無数の水滴《すいてき》が浮かび上がる。

それらはやがて震え出すとゆっくり動き、互いにくっつき始めた。

「む。なんじゃこれは？」

不審《ふしん》そうに身構えるサシャに、ルインは答える。

「精霊《せいれい》による通信だな」

かつて女神アルフラより自然の管理を任されたといわれる不可視の存在、精霊。それらは【精霊使い】、あるいはそれより上位の【賢霊王《けんれいおう》】と呼ばれるジョブの持ち主だけが力を借り、自在に操《あやつ》ることが出来た。

これはそんな彼らが水の精霊によって、頭に思《おも》い描《えが》いた相手へ距離も関係なく自らの言葉を届ける際に起こす現象である。

水滴は瞬《また》く間《ま》に繋《つな》がり、一つの大きな像を結ぶと、ある人物をまるでそこに居るかのように浮かび上がらせた。

現れたのは、腰《こし》まである銀の髪を三つ編みにし、ゆったりとしたローブを身にまとった少女だ。

幻像《げんぞう》ではあるものの姿ははっきりとしており、ルインはそれが誰かをすぐに判別した。

「……セレネ⁉」

呼ばれた相手は微笑み、手を振った。

『ルイン！　久《ひさ》し振《ぶ》り。元気だった？』

「あ、ああ。もちろん。君こそ、問題ないか」

『うん。わたしも大丈夫』

「ルイン、誰よ、その女」

アンゼリカが首を傾げるのにルインは紹介《しょうかい》した。

「オレの幼馴染《おさななじみ》だ。オレの目的の為に協力してもらってる」

『えっと、初めまして。あなたは……ルインの新しい仲間になった魔王？』

遠慮《えんりょ》がちにセレネから尋《たず》ねられて、アンゼリカはむっとしたように言い返す。

「そんなわけないでしょ。色々あってテイムされただけよ。まだ仲間と認めたわけじゃないわ」

「まだってことはいつか認めるんだ」

が、リリスから指摘されるとアンゼリカは顔を赤くした。

「そ、そんなことないわよ。今のは言葉の綾《あや》よ、綾！」

「素直《すなお》ではないのう……」

にやつくサシャに「だから違うわよ‼」とアンゼリカが必死な様子で反論する。

『……賑《にぎ》やかになって何よりね』

セレネの感想にルインは微苦笑《びくしょう》した。

「ああ、まあな。ところで、いきなりどうしたんだ」

セレナは数カ月前までルインに同行していたが、魔王の情報を集める為に別れ、現在は単独行動をしていた。

ルインのいる場所は、定期的に王都を拠点《きょてん》とする彼女に手紙で送っており、何かあれば返信して欲《ほ》しいと伝えていたのだが。

『うん。ごめんね。さっきすごく気になる情報を聞いて……急を要することで、手紙だとそっちに届くまで時間がかかるかもしれないから、こうして精霊術で連絡《れんらく》したの。ルインが今居るところって、前に手紙に書いてくれた港町の近く？』

そうだ、と頷くとセレネはほっとしたように続けた。

『そう。なら、申し訳ないけどリステリアの王都まで来てくれないかしら。そこで詳《くわ》しい話を伝えたいの。どの道、わたしが手に入れた情報に関係する場所へ行くのに、王都の近くを通らなきゃいけないし』

「それは構わないけど……ここで聞くわけにはいかないのか？　幸い、周りに人はいないけど」

『うん。多分、そっちの方が都合が良いの。ダメかしら？』

ルインは答える前に、サシャ達の意見を聞こうと振り向いた。

「……ま、よかろう。セレネがそう言うのであれば、何か事情があるのだろうしな」

「なんだか分からないけど、あなたに付き合うって決めたんだから、やりたきゃそうすればいいんじゃない」

サシャとアンゼリカがそう言い、リリスも特に異論を挟むつもりはないようだったので、ルインは再びセレネの方を向いた。

「皆《みな》、問題ないみたいだ。それじゃあ、王都で会おう」

『ええ、ありがとう。それじゃあ……待ってるわ、ルイン』

そう、セレネが答えた瞬間。

彼女を象《かたど》っていた水の像は、音もなくその場から消えた。


リステリアの首都ティアーズ。

人口十数万を誇る、大陸でも随一《ずいいち》の大都市である。

各地から様々な物資が集まる流通の要衝《ようしょう》地でもあるため、あらゆる情報に溢《あふ》れていた。

他国より抜きん出て巨大なギルド本部が置かれているのもそういった背景が影響しており、リステリアで冒険者を目指す者に聖地と呼ばれる場所でもある。

「……懐《なつ》かしいな」

無数の人々が行き交《か》う大広場に立って、ルインは感慨深《かんがいぶか》く呟いた。

ティアーズはルインにとって、希望と絶望を共に味わったところだ。

遡《さかのぼ》ること数年前。打倒魔王《だとうまおう》を掲げ、冒険者になるべくこの街を訪《おとず》れた時。

困難を経て待ち受けるであろう果てしない未来は、強い輝きに満ちているはずだった。

しかしその後、幼馴染のクレスによってパーティを追放され、歩んできた道が実は崖《がけ》に続いていたことを思い知らされたのである。

（もう二度と戻ることはないと思っていたけど……人生は分からないものだな）

世界最古である【死の魔王】サシャと出会い、魔王使いのジョブが覚醒し――様々なことを経て、今、またここに立っている。

そのことが、奇縁《きえん》という言葉では表し尽くせないほどの気持ちを湧《わ》き上がらせていた。

「感傷に浸《ひた》っているところ、悪いけど」

が、そんなルインに対してすぐ傍から明らかに不機嫌《ふきげん》な声が飛んでくる。

「あたし達、いつまでここにいればいいわけ？」

視線を傾けると、アンゼリカが常ながら吊《つ》り上がり気味の目を更に鋭くし、ルインを真っ向から睨《にら》みつけていた。

「ああ、ごめん。セレネが来るまで、もう少しだと思うんだけど」

「もう少しってどれくらいよ。具体的に言いなさいよ」

今にも噛《か》みつかんばかりに歯を見せるアンゼリカを、彼女の右隣《みぎどなり》にいるサシャが制した。

「仕方ないじゃろう。待ち合わせをしておるのだから」

「サシャ、あなたって本当、ルインに甘《あま》いわね。待ち合わせって言ったって、いつまで経《た》っても誰も来ないじゃないの。嘘つかれたんじゃないの」

「彼女はそんなことしないよ。それに、指定された時間にはまだ早い」

ルインが大広場に設置された大時計を指すと、アンゼリカは鼻を鳴らしてそっぽを向いた。

「というかまだここに来てから十分も経ってないんだけど。気が短すぎじゃない」

呆れたように呟いたのは、ルインの左に立つリリスだ。

「あたしの気が短いんじゃないのよ。あなた達が呑気すぎるの。大体、リリスもサシャも、ここに居てどうとも思わないわけ？」

苛立《いらだ》たしげに爪先《つまさき》で地面を叩くアンゼリカに、サシャとリリスは同時に首を傾げる。

「どうって……別にどうとも思わぬが。のう、リリス？」

「うん。別に。逆にアンゼリカはどう思うの」

アンゼリカは、大袈裟《おおげさ》に見えるほどのため息をついた。

「これだけ人間がうじゃうじゃうじゃうじゃうじゃうじゃ居るような場所。十分だってじっとしていたくないんだけど。髪だってこんな面倒くさい真似しなくちゃならないし」

言ってアンゼリカは自らの毛先をいじった。普段《ふだん》、左に束ねている髪を今は降ろしている。特徴的な長い耳を隠す為だ。

ちなみにリリスは額の長い角を権能によって隠しており、サシャに至っては元々頭にある角自体がそれほど大きくない為、そのままでも目立つことはない。

「我らの素性《すじょう》を隠す為じゃ。我慢《がまん》せよ」

「そそ。ルインについていくって決めたんだから、これくらいはね」

諭《さと》したサシャとリリスに、アンゼリカは益々《ますます》気分を害したようにまなじりを決した。

「どうしてあたしが人間に配慮しなきゃならないのよ。堂々としていればいいじゃない」

「悪いとは思ってるよ。でも君達が……その、魔族《まぞく》、であることを知られると騒《さわ》ぎになってしまうから。すまない」

ルインが小声で言いながら頭を下げると、アンゼリカはわずかに引け目を感じたような顔を見せた。

「……別にあなたに謝《あやま》ってもらう謂《い》われはないけど。でも、あたしはこういう場所が嫌《きら》いなの」

「ならどうしたいというのじゃ？」

サシャの問いに、アンゼリカは間髪を容れずに声を上げる。

「どうしなくてもいい！　嫌《いや》だって言っただけ！　あなた達はあたしの不満を聞いて受け入れてくれればそれでいいの！」

「……子どもじゃないんだから」

やれやれといったように首を振るリリスに、ルインは苦笑《くしょう》する。

「お主あれじゃな。誰《だれ》かに愚痴《ぐち》を言って助言を貰《もら》ったらそういうのは求めてないとか言う奴じゃな」

「え？　そうだけど？　なにか悪いの？」

心底から不思議そうにするアンゼリカに、指摘したサシャはなんとも言えない顔をした。

「まあ、良い。しかしもうそろそろ来る頃《ころ》だと思うのじゃが」

「ああ、そうだな。しかしこの人混みで見つけられるかどうか」

「え、待ってよ。さっきのやつ、なにか悪いわけ？　ダメなの？」

「向こうの方から声をかけてくるんじゃないの」

「ああ、そうか。歩いている人より立っている人を見つける方が楽だしな」

「ねえ、ちょっと⁉　訊いているんだから答えなさいよ！　愚痴って誰かに肯定《こうてい》される為《ため》

に言うんだから、こうした方がいいとかああやるべきだとか、そういうの必要ないでしょ⁉

違うの⁉　改めるところがあるなら聞き入れてあげるから教えなさいよ！」

ルインがサシャ達と会話をしている間も、納得がいかないのかアンゼリカはずっとわめき続ける。

「うるさいのう。一理あるがそれなら最初から『助言とかは要《い》らない』と言っておけばよかろう。大体、相手とて壁《かべ》ではないのだから打てば響くのは当然のことであって……」

見かねてサシャが相手をし始めた、その時。

「ルイン！」

懐かしい声が、雑踏《ざっとう》から聞こえて来た。

ルインが視線を向けると、人々の間を掻《か》い潜《くぐ》り、ある人物が駆け寄ってくる。

少し前、水の像が見せた姿と同じ。銀色の髪を三つ編みにし、背中まで垂らした少女だった。ゆったりとしたローブに身を包んでいる。

「……セレネ！　こっちだ！」

ルインが手を振《ふ》ると、その少女、セレネは眩《まばゆ》いばかりの笑顔《えがお》のままで、

「良かった。ちゃんと会えたわ！」

すぐ傍までくると、そのまま抱《だ》きしめて来た。

「わっと……あ、ああ。良かったよ」

「こうして実際に目にすると、ほっとするわ。手紙は貰っていたけど、ずっと心配していたのよ」

心底から安堵《あんど》したように言うセレネに、ルインもまた微笑《ほほえ》んだ。

「ふうん。確かに前に見たのと同じ姿ね。あなたがセレネ」

そこで棘《とげ》のある声が聞こえてきて、セレネは体を離してそちらを見る。

ルインもまた目をやると、腕組《うでぐ》みをしたアンゼリカが、品定めをする商人のような目つきでセレネを観察していた。

「あ、ああ。改めて紹介するよ。彼女は以前、クレスとパーティを組んでいて……」

「ええ。前に聞いた、あなたを追い出した奴のことね。でも、なんでそいつの仲間と親しげにしてるの？」

「彼女もクレスのパーティを抜けたんだよ。今回もだけど、他にも色々と助けてもらってるんだ」

「そんな……助けられているのはわたしの方よ。パーティに所属していた頃からルインのおかげで何度も窮地《きゅうち》を脱《だつ》することが出来たんだから」

「いや、役割として当然のことをやっただけでさ」

「でもわたしは感謝してるから。それに他にも」

「あー。もういい。もういいわ。つまりあれね」

ルインとセレネのやりとりを鬱陶《うっとう》しそうに手で払《はら》うと、アンゼリカは全て理解したという表情で言った。

「ルインはあたし達《たち》だけにとどまらず、この女も垂らしこんでいたってことね」

「誤解を招くようなことを言うなよ!?」

「案外誤解でもない気がする……」

否定しようとしたルインの横で、リリスがぼそりと呟《つぶや》く。

「客観的に見ると、今のルインは女性四人をはべらせる色男。またの名を節操なし」

「いやいやいやいやいやいや」

「まあ、否定できん状況ではあるな……」

サシャが顎《あご》で示した方をルインが見ると、通りすがりの冒険者《ぼうけんしゃ》や旅人がこちらを見ながら何やら囁《ささや》き合っていた。

「おい見ろよあれ。あんな美人を四人も」

「すげえなあいつ。平凡《へいぼん》そうに見えるけど実は結構なやり手なのか……」

「羨《うらや》ましいし妬《ねた》ましいし憎《にく》らしい……」

同時に周囲から向けられる、はっきりとした怨嗟《えんさ》を感じとり、

「……と、とりあえず場所を移した方が良さそうだな。セレネからの話もあることだし」

居心地《いごこち》が悪くなったルインは、サシャ達と共に人気《ひとけ》のないところへと向かったのだった。

「へえ。アンゼリカが【支海の魔王《まおう》】なのね。文献《ぶんけん》に載《の》っているのを読んだことはあるけど……」

大広場から歩いて十分ほど。上手《うま》い具合に人のいない裏路地を見つけ、ルイン達はひとまずそこで落ち着くことにした。

「それにしてもこんなに早く別の魔王をテイムするなんて、さすがルインね」

これまでの事情を聞き終え、感心したように言うセレネに、アンゼリカは鷹《たか》のような鋭《するど》い眼差《まなざ》しを送る。

「一応、念を押しておくけど。あたしは別にこの男の配下になったわけでもないからね。テイムされたのはあくまでも魔力《まりょく》を取り戻《もど》す為よ。関係は対等だから」

「ああ。その通りだ。それに、君はオレを仲間じゃないって言ったけど……オレはアンゼリカのことを、大事な仲間だと思ってるよ」

「…………」

「え。なぜ急に黙《だま》るんだ？」

素直な気持ちを伝えただけなのだが、とルインが戸惑《とまど》っていると、アンゼリカはやがて頬《ほお》を赤らめながら視線を逸《そ》らす。

「普通《ふつう》そういうことを臆面《おくめん》もなく口にする……？　だから気に入らないのよ、あなたは」

「ど、どういうことだ。オレ、なにかしたか？」

「無自覚な行動が人の心を射貫《いぬ》く。それがルインの真の力かもしれない」

「やはり垂らしじゃなお主」

「二人までなんだよ⁉」

リリスとサシャに半眼で見られ、ルインは意味も分からず叫んだ。

「そうよね。ルインってそういうところがあるわよね。それも心配だったところなのよ。……見たところ、全員と何かあったわけでもなさそうだけど」

なにやら小声で呟いているセレネにルインが視線をやると、彼女はそこで我に返ったような様子で、咳払《せきばら》いした。

「と、ともかく。ルインが置かれた現状は把握《はあく》したわ。今度はこちらの番ね」

「あ、ああ。そうだ。気になる情報があるってことだったけど……？」

ルインが尋ねると、セレネは真剣《しんけん》な顔になる。

「ルイン達と別れてから、わたし、このティアーズを始めとして、色々なところを巡《めぐ》ったの。そこで気になる話を聞いてね。信じられないことなんだけど……」

「なによ。勿体ぶってないで早く言いなさいよ」

険のある声を出すアンゼリカを、サシャが諭す。

「やはり気が短いのう、お主は。物事には順序というものがあるのじゃ」

「知らないわよそんなの。いきなり本題からばーんと始めればいいじゃない」

「いいから大人しくしとれ。さっき屋台で買った飴《あめ》をやるから」

「ガキじゃないんだからそんなもの要らな……おいひいふぁね、ふぉれ」

サシャによって開いた口に大きな飴玉を放り込《こ》まれ、アンゼリカは先ほどの怒りはどこへやら、満足そうにそれを堪能《たんのう》し始めた。

「サシャ、わたしにもくれない」

「なんじゃリリス、甘いものは好きではなかったはずではないか」

「嫌いじゃない。肉の方が好きなだけ」

「前に否定していた気もするが……まあよい、ほれ」

リリスが差し出した手にサシャが袋《ふくろ》から出した飴玉を載せると、彼女はわずかに笑みを浮《う》かべながらそれを口の中に入れた。

「……あの。すごく大事なことを言うつもりだったんだけど、緊張感《きんちょう》がなさ過ぎない？」

完全に梯子《はしご》を外されたというような顔で言うセレネに、ルインは「ごめん」と皆を代表して謝った。

「いえ、別にいいのだけど。……では改めまして」

こほん、と咳払いを一つして、セレネは再び口を開いた。

「なんでもね――街が、魔王に乗っ取られたらしいのよ」

「……なんだって？」

思わず、ルインは声を上擦《うわず》らせる。寝耳《ねみみ》に水《みず》とはこのことだ。

「どういうことじゃ。魔王とは、現魔王のことか？」

「ううん。そうじゃないみたい。わたしも聞いた時は、嘘でしょって思ったのだけど」

眉《まゆ》を顰《ひそ》めたサシャの方を向いて、セレネが続ける。

「あくまでも人伝《ひとづて》に聞いた話になってしまうけど……別の魔王が復活して、自分が封印《ふういん》されていた国の首都を支配したっていうのよ」

「魔王が復活したって。そんなことありえるの？」

リリスの疑問は尤《もっと》もだった。封印された歴代魔王が、自然に解放される。そのようなことは、少なくともルインが知る限りは一度もない。だが、

「サシャ、前にあなた言ってたわよね。あたしの封印が弱まっていたのは、アルフラの力が減退しているからだって」

そう。アンゼリカの言う通りだった。

【支海の魔王】たる彼女は、完全ではないがその封印が弱まり、ルインが解放する前に力の一部を取り戻していたのだ。

それをサシャは、勇者を通し魔王を封じて来た創造主アルフラの力が、時が経つごとに衰《おとろ》えているからではないか、と踏んだのである。

「確かにわらわは、その影響で下手をすればルインがスキルを使う前に封印が解ける魔王が出てしまうのではないかとは言ったが……まさか本当に実在したというのか？」

「分からないわ。でも、その話が本当だとすれば、とても不味い事態だと思うの」

セレネが深刻な顔で言うのに、ルインは頷《うなず》いた。

「ああ。対処しなければ、取り返しのつかないことになってしまう。魔王一人だけでも厄《やっ》介《かい》だが、もしも現魔王と手を結ぶなんてことになったら……」

「想像もしたくないね。間違いなく、ルインの目標も達成困難になる」

リリスは感情の乏《とぼ》しい顔を、それでもわずかに引き締《し》めるようにして言う。

「そうじゃな。ただでさえ、目的は不明ながら現魔王はルインより先に他の魔王を復活させようとしておる。協力者が一人でも増えれば、本格的にこちらの邪魔《じゃま》をしてくることじゃろう」

「ふん。だったら話は早いわ。こんなところで話し合っている場合じゃないんじゃない？」

アンゼリカは、顰め面《つら》をするサシャとは対照的に、なんでもない風にして肩《かた》を竦《すく》めた。

「そこの……セレネ、だったかしら。魔王が乗っ取ったっていう街はどこなの？」

「え？　あ、ええ。フォンアークという国にあるグランディスってところよ」

「なら今すぐそのグランなんとかって街に向かいましょ。……これまで以上に面倒なことにならない内に、ね」

どうにも、耐《た》え忍《しの》ぶということが苦手な質《たち》であるアンゼリカではあったが――。

こと今回に限ってはそれに異を唱える者は、誰もいなかった。

グランディスにティアーズから向かうとなると、馬車を使っても十日以上はかかってしまう。一刻も早く現地に辿《たど》り着きたいルイン達からすれば、それは歯痒《はがゆ》くなるほどの期間であった。

しかし、心配は無用である。心強い味方が居たからだ。

「……ふぅ。到着《とうちゃく》したわ。ここからは歩いてすぐよ」

上空で疲《つか》れを払うようにして息をついたセレネが、手に持っていた杖《つえ》を軽く振った。

するとそれまで周囲を覆《おお》っていた膜《まく》のようなものが薄《うす》れていき、それに伴《ともな》い、ルイン達は滑空《かっくう》するようにして少しずつ下に向かっていく。

やがて地面がすぐ近くまでくると、膜は完全に消え去り、全員が無事に着地することが出来た。

「お疲れ様、セレネ。助かったよ」

ルインが労《ねぎら》うと、セレネは頬を少し赤らめる。

「この程度は何でもないわ。役に立てて何よりよ」

「精霊術とは便利なものじゃな。まさかわずか一日で目的地付近まで来てしまうとは」

感心したように言うサシャに、ルインは「まったくな……」と同意した。

セレネは女神《めがみ》アルフラの威光《いこう》によって一部の人間達にもたらされる特殊《とくしゅ》な能力【ハイレア・ジョブ】の内の【賢霊王《けんれいおう》】の力を持っている。

精霊達《せいれいたち》を統率《とうそつ》する長と呼ばれるモノの力を借りて起こす現象は、精霊使いとは比べ物にならず、ほとんど天災と呼んで差し支《つか》えない規模にまで到達《とうたつ》する。

故《ゆえ》に単に風の膜を纏《まと》わせて空中を飛ぶというだけで、目にも止まらぬ速度による移動を実現させるのである。

「ルイン達とわざわざ合流したのは、わたしが同行した方が何かと便利だと思ったからなの。手間をかけさせてごめんね」

手を合わせて申し訳なさそうな顔をするセレネに、ルインはとんでもない、と首を振る。

「確かにその通りだ。こっちこそ協力してもらってすまない。ありがとう、セレネ」

「……本当は口実をつけて、久し振りにルインと一緒《いっしょ》に行動したかっただけでは？」

ぼそりとリリスが指摘《してき》すると、セレネはびくりと体を竦ませた。

「……そんなことないわよ？」

「目が泳いでおるが？」

サシャの追及《ついきゅう》にセレネは背を向けて歩き始める。

「さあ、グランディスはすぐそこよ。急ぎましょ！」

そのまま何かを振り払うようにしてずんずんと進むセレネに、アンゼリカは何やら思案気な表情で言った。

「大人しい顔をして案外したたかね、あの女」

「うむ。そこに気付いたか。その通り。中々に油断ならぬ相手じゃぞ」

深々と頷くサシャに、ルインはきょとんとしながら告げる。

「オレもセレネと久し振りに行動出来て嬉しいけど。それのどこがしたたかなんだ？」

「…………」「…………」「…………」

サシャ、アンゼリカ、リリスはたっぷりと沈黙《ちんもく》した後、互いに目を合わせて、一斉《いっせい》にため息をついた。

「これはセレネも苦労しそうね」

「まあ、本人もそれは分かっておるじゃろうて」

「ルインみたいなヒトって上手くいったら上手くいったで大変そうだよね」

三人は言い合いながら、ルインを置いてセレネを追った。

「え、なんだ、なんなんだよ⁉」

どうもこの間から自分の知らないところで何やら失望されている気がする、とルインはやや焦《あせ》りを覚える。

「サシャも色々あると思うけど頑張《がんば》ってね」

「そうね。同情するわ」

「ああ。まったくじゃ。あの男と来たら本当に……って、いや、なんのことじゃ⁉　わらわは別になんでもないのじゃが⁉」

「こっちはこっちで面倒か」

「なんだかお腹空いて来たわ。街にお店あるかしら」

「おい‼　わらわの話を聞いておるのじゃろうな⁉　妙《みょう》な誤解をしたまま事を流そうとするな――ッ！」

サシャが雄叫《おたけ》びのような声を上げるのに、リリスとアンゼリカは聞こえていないようにして振る舞《ま》っていた。

「いや、だから、何かやったんだったら教えてくれよ……」

ルインは弱々しく呟きながら彼女達《かのじょたち》の後を追う。

そうして、しばらく進むと――やがて高い壁が見えて来た。

尚《なお》も歩き続けるとやがてそれが、広い土地を囲む外壁《がいへき》であることが分かる。

入り口らしき場所には頑強《がんきょう》な門があり、左右には鋼鉄製の防具に身を包み、鋭い槍《やり》を携《たずさ》えた兵士が数人、番人として立っていた。

彼《かれ》らは壁の内部に入ろうとする人々を止めて何かを尋ね、頷いては通している。

「見た目は他の街と変わらないように見えるな……」

ルインの感想にサシャ達も同意であるらしく、一様にして頷いた。

「で、どうするの。忍び込むとか?」

リリスの問いに、ルインは首を横に振る。

「下手にそういう真似《まね》をするより、まずは旅人の振りをして正面から行ってみよう。ダメだったら、その時に考えればいい」

「そうね。それが一番いいと思うわ」

セレネを始めとして誰からも別の意見は出なかった為、ルイン達は揃《そろ》って門へと向かった。徐々《じょじょ》に門に近付くと、ルイン達の姿を認めた兵士が手を前に突《つ》き出す。

「待て。街へ入ることを望む者か」

「ええ、そうです。旅をしています。休息をとるのと、物資を補給したいと思いまして」

ルインが答えると、兵士は眼光鋭《がんこうするど》く見返してきた。

「……男一人に女四人？　妙な組み合わせだな」

サシャ達を見て、訝《いぶか》しげな顔をする彼に、

「ああ、いや、それは――」

ルインが怪《あや》しまれないよう、取り繕《つくろ》おうとした時。

「妙じゃない。全員、彼の妻だから」

リリスが平然と言ってのけた為、その場に居た全員が噴《ふ》き出した。

「お、おい、リリス……!?」

「あなたねえ、涼《すず》しい顔してとんでもないことを言ってんじゃないわよ……!?」

サシャとアンゼリカが慌《あわ》てて食《く》って掛《か》かるも、リリスは素知らぬ風を装《よそお》ったままだ。

「……全員がこの男の妻？　おい、本当か？」

「えっ。あ。その。なんといいますか」

兵士から確認《かくにん》をとられ、ルインは背筋に冷《ひ》や汗《あせ》を掻いた。

だが現状、違《ちが》うといったところでますます怪しまれるだけだ。

だとすればとるべき選択《せんたく》は一つしかなかった。

「……そうです」

「ル、ルイン!?」

セレネも素《す》っ頓狂《とんきょう》な声を上げたが、ルインの意図を察したのだろう。自らの口を塞《ふさ》いで俯《うつむ》いた。

「ふうむ……大人しい成りをして大胆《だいたん》な男だな、お前。どこの国の出身かは知らないが、貴族でもないのにそんなことが許されているのか」

「え、ええ、まあ。色々と奔放《ほんぽう》なところでして……」

「……まあいい。そういうことであれば通れ。通行料は入ったところにいる受付の者に払うといい」

兵士が顎で先を示すのに、ルインは頭を下げて、彼の傍《そば》を急ぎ足で通り過ぎた。

門を潜《くぐ》り、別の兵士に人数分の通行料を払った後、ようやく街に入ることが出来る。

「……やれやれ。なんとかなったね」

リリスが一息ついたように言うのに、サシャが即座《そくざ》に反応した。

「どこがじゃ！　要らん誤解を与《あた》えただけであろう⁉」

「そ、そうよ！　なんであたしがこの男の嫁にならなきゃいけないわけ⁉」

アンゼリカも乗っかると、リリスは冷めた目で二人を見る。

「ただの方便だよ。男一人と女四人で旅してるなんてそれくらいしかない。旅の一座とかには見えないいし」

「いや、だとしても冒険者パーティとかそういうもので通ったんじゃないのか……」

それでも尚、男性一人と女性四人というのは、あまり見ない構成ではあるが――少なくとも旦那《だんな》と嫁というよりはずっとマシなはずだ。

ルインの指摘に、リリスは目を瞬《しばた》かせた。

しばらく考えるような間を空け、やがては手のひらに、ぽんと拳《こぶし》を打ち付ける。

「そうか。それもそうだね」

「おい⁉ お主わざとやったわけではあるまいな⁉」

サシャがリリスの肩に手をかけ、彼女を激しく揺《ゆ》さぶった。

「でも、冒険者だと名乗って資格を見せろって言われても困るし。とりあえずは上手くいったから、それでよかったんじゃない」

が、そこでセレネがとりなすと、サシャとアンゼリカは渋々《しぶしぶ》ながらも引っ込む。

「……まあ、わたしは別にその設定でも構わないけれど」

続いて呟かれた言葉にルインが眉を顰めると、セレネはすぐに笑顔になって「なんでもないわ」と首を振った。

「ともあれ、どうにか街に入れたな。見たところ、魔王に支配されている割には特に問題ないように見えるけど……」

ルインは言いながら、周囲の様子を眺《なが》めていたが――。

「え……？」

ある『違和感《いわかん》』に気付いて、愕然《がくぜん》となった。

「……なんだ、これは……？」

眼前に広がる光景に、思考がまるで追いつかない。

ルイン達が今立っているのは、門を通ってすぐに面する大通りだ。

丁度、十字に分かれた道の左右には様々な商店が建ち並び、冒険者らしき武装した者に交じって、住人らしき人々の姿もあった。

が、重要なのは、そんなところではない。

「……馬鹿な。ありえない」

サシャもまた、強張《こわば》った顔のまま呟いた。

そう。ありえるわけがないのだ。

「人間と……」

セレネが夢でも見ているような口調で、告げた。

「人間と魔族が――一緒に、暮らしてる――？」

何かの見間違《みまちが》いだろうとルインは、何度も自らの目を擦《こす》る。

だが、やはり現実は現実だった。

通り過ぎる人々の半分は人間だが、もう半分は違う。

耳の尖《とが》った者、獣《けもの》のような顔をした者、尻尾《しっぽ》の生えた者、翼《つばさ》の生えた者、角の生えた者

――特徴はそれぞれだが、いずれも魔族である証をもつ者ばかりだ。

到底《とうてい》信じられないことではあるが、人間と魔族が当たり前のようにして行き交っていた。

それだけでなく、中には仲睦《なかむつ》まじい様子で腕《うで》を組み、密着しながら歩いている男女もいる。

片方は人間だが片方は魔族だ。

「なに……なによ、これ。どうなってるの……？」

アンゼリカの抱いた疑念は、ルインを始めとして、この場に居る全員がもっているものに違いなかった。

「……おや。どうされました、そこの方」

と、そこで声をかけられ、ルインが振り向くと、柔和《にゅうわ》な顔をした老人が立っている。だが彼のこめかみからは山羊《やぎ》を思わせるような角が生えていた。魔族だ。

「あ……い、いえ、この街に初めて来たんですが、その……」

事情を説明しようとしたルインに、老人は「ああ」と納得《なっとく》したように頷いた。

「なるほど。何も知らずに訪れたのですな。ご心配めされるな。わたしは魔族ですが、あ

なた方に敵意は持っておりませぬ」

「……そう、ですか」

「ええ。それに御覧《ごらん》の通り、老体で御座《ござ》いますから。何も出来はしませんよ」

朗《ほが》らかに笑うと、老人はルイン達に背を向けた。

「良ければ、色々とご説明しましょう。こちらへどうぞ」

言って老人が先導するよう前を歩き始めるのに、ルインはサシャ達と顔を見合わせる。

だが詳細《しょうさい》が分からない以上、彼の話を聞いた方がいいだろう。

そう視線を交わすことで互《たが》いに同意し、ルインを始めとした全員が老人に続いた。

「ふむ。この辺りであれば通行人の邪魔にもなりますまい」

大通りの端《はし》、休憩《きゅうけい》できるように椅子《いす》が並べられた場所で老人は止まった。

「失礼しますが、腰《こし》を下ろさせて頂きますよ。年のせいか、どうにも調子が悪くて」

断りを入れてから老人が椅子に座《すわ》ると、通り掛かる者が挨拶《あいさつ》してくる。その面子には、人間も魔族も含《ふく》まれていた。

「驚《おどろ》かれたでしょう。このような街は世界中のどこにもありませんから」

老人の言葉に、ルインが頷くと、彼は微笑みながら続ける。

「全てはこの街を支配するお方――ロディーヌ様の采配《さいはい》によるものです」

「ロディーヌ……それが魔王の名前ですか」

セレネが訊《き》くと、老人は彼女の方を向いた。

「ええ。わたしもヒトから聞いたのですが……少し前の話だそうです」

言って、彼はゆっくりと思い出すように語り始める。

「詳細は分かりませぬが、六代目の魔王であるロディーヌ様はある日、勇者の封印から解き放たれたそうなのです。そうして、彼のお方はすぐに行動を始めなさった。初めになさったのは、封印されていた国の首都であるこの街を乗っ取ることであったそうです」

「……元からこの首都にいた為政者《いせいしゃ》たちはどうしたんですか？」

ルインの質問に、老人は少し暗い顔をした。

「なんでも全員が追い出されたとか。それに関しては惨《むご》いことをなさると思いましたが……ロディーヌ様が次になさったことを思えば、非難することは出来ますまい」

老人は街の様子を眺めながら、

「ロディーヌ様は街を手に入れると次にある法を定めました。それが……『人間であろうと魔族であろうと、種族に関係なく、街に住みたい者を受け入れる』というものでした」

「種族に関係なく、じゃと？　魔族の王たる者がか？」

サシャが目を見開くのに老人は深々と頷いた。

「ええ。その通り。ロディーヌ様は自らが支配したこの街に、我ら魔族だけでなく、人間も住むことを許したのです」

思わず、ルインは唖然《あぜん》としてしまう。信じられなかった。

まさにそれこそが、ルインと——そしてサシャの目指す国の形なのだ。

「魔王様はその圧倒的《あっとうてき》な力で瞬《また》く間《ま》に周辺地域を制圧し、わたしのように人との争いを望まず隠《かく》れ住《す》んでいた魔族を自らの街に集めました。あなた方は信じられないかもしれませんが、我々魔族の中にも今の魔王様に従う者とそうでない者がおり、後者の中には平和で穏《おだ》やかな日々を望んでいる者も多いのです」

「……それは、ええ、そうですね。知っています」

ルインがあっさり受け入れると、老人は意外そうに何度か瞬きを繰《く》り返した。

「そうですか。外部の人間でそのことを存じ上げている方はあまり居ないと思っておりましたが」

「ええ、少し事情がありまして。それから、ロディーヌ……様はどうしたんですか？」

ルインが先を促すと、老人は顎を撫《な》でながら答えた。

「ああ、そうですね。ロディーヌ様は、二種族間での諍《いさか》いを禁じ、元から街に住んでいた人間達に魔族と共に暮らすよう命じたのです」

「そんなこと……よく上手くいったわね」

アンゼリカが呻《うめ》くように言うのに、老人は口元を綻《ほころ》ばせる。

「最初から上手くいったわけではありません。かつて女神アルフラによって排斥《はいせき》された魔族と、教会によって我々の全てを悪であると信じさせられている人間――反発は当然起こりました。ですが次第《しだい》にそれも沈静《ちんせい》していったのです」

「……どうしてよ？」

「単純な話ですよ。それほどまでに魔王ロディーヌ様のお力が大きかったのです。彼のお方は決まりを破った者を徹底的《てっていてき》に裁き、容赦《ようしゃ》なく粛清《しゅくせい》しました。その様子を見ていた二種族は、逆らえば同じ目に遭《あ》うという想《おも》いからそういった行動を自粛《じしゅく》していったのです」

「随分《ずいぶん》と乱暴な話だね。それじゃ恐怖《きょうふ》政治だよ」

リリスがわずかに眉間《みけん》に皺《しわ》を寄せると、老人は「仰《おっしゃ》る通りですな」と素直《すなお》に認めた。

「ですが魔族と人間が共に暮らすというのは、そうしなければならぬほどに困難なことであったのです。わたしもロディーヌ様が全て正しかったとは思っておりませぬ。しかしこの街を築き上げる上で、必要なことであったとは感じております」

ルインにとっても他人事ではない話だった。確かにじっくりと時間をかけるならまだしも、急速に場を整えようとするのであれば、それくらいのことをして然《しか》るべきなのかもしれない。尤も、ならお前もやるのかと言われれば、否と答えるだろうが。

「……手段はともあれ、それで二種族間の対立はなくなったのだな」

複雑そうな顔で、サシャは告げた。彼女《かのじょ》もまた、かつて人間と魔族《まぞく》が住む国を統一していた存在だ。何か思うところがあるのかもしれない。

「ええ。そうしていく内に、二種族間の対話が生まれ、魔族に対して誤解をしていたことに気付いた人間も多くなりました。魔族にも人間と同じく、善なる者と悪なる者がいるのだ、と。それからは、ロディーヌ様の法に関係なく争うことはほとんどなくなりました」

和解を生むにはまず同じ席に座らせる必要がある。

そういった意味で、結果的に、ロディーヌの策は功を奏したのだろう。

「その後は、噂《うわさ》を聞き付けた各地の、現魔王様派以外の魔族達《たち》もこの街に集まってきました。同時に人間達の数も増え、こうして今のように、両種族が住まう街として賑《にぎ》わうようになったということですな」

「……なるほど。貴重なお話、ありがとうございました」

ルインが丁寧《ていねい》に頭を下げると、老人は「いやいや」と笑《え》みを浮かべて手を振った。

「ご理解頂けて何よりです。それではわたしは、この後に用事がありますので、そろそろ失礼しますよ」

ゆっくりと腰を上げると、老人はルイン達に会釈《えしやく》し、その場を去っていく。

セレネはその背をしばらく見つめていたが、やがてぼそりと呟いた。

「驚いたわね。まさかルインとサシャが目指す国を既《すで》に実現している魔王が居たなんて」

「ああ。やり方に問題はあるかもしれないけど、現実にこうして成功しているのを見ると、否定ばかりは出来ないな。……サシャ、この街を支配しているロディーヌって魔王だけど」

ルインが話を振ると、分かっていたというようにサシャは返してくる。

「うむ。もしロディーヌがわらわ達と同じ考えをもっておるのだとすれば、協力し合えるかもしれぬな」

仮に手を結ぶことが出来れば、この上ない戦力となるだろう。

「城に行って、話をしてみようか？　会えるかどうかは分からないけど」

「やってみる価値はあるやもしれぬな」

「……ちょっと待ちなさいよ、あなた達」

ルインとサシャが話し合っていると、不意にアンゼリカが声を上げた。

「話し合った結果、人間と魔族が和解した。そんな都合の良い話があるかしら」

「実際に街がそうなっているんだから、そうじゃないの」

リリスが小首を傾《かし》げると、アンゼリカは納得いかないというように口を尖らせる。

「どうも引っかかるのよね。魔族がこの街で暮らしているのは隠れることなく堂々と往来を歩けるから。それは理解出来るわ。でも、なら、人間は？　何かこの街に居て得でもあるの？　元から居た奴等《やつ》だけでなく、外からも集まってるのよね。どうしてそこまでして、魔族と一緒に暮らしているようなところに来るわけ？」

「……確かにな。そこはオレもちょっと気になっていたんだが」

何か重要な部分が欠けている——ルインとしても、そのような印象は受けていた。

「しかしそれもロディーヌに訊けば分かる話ではないかの。じゃからわらわはあの老人には言わなかったのだが」

「下手に踏《ふ》み込んで妙なことでもあったら事よ。もう少しこの街を調査した方がいいんじゃない？」

アンゼリカに言われ、サシャは考え込んだ。一理あると思ったのかもしれない。

「驚いた」

と、そこでリリスが抑揚《よくよう》のない声で言ったため、アンゼリカは「なにがよ？」と彼女に対して眉を顰める。

「意外に慎重《しんちょう》なんだね。もっと大雑把《おおざっぱ》な性格かと思ってた」

「喧嘩《けんか》売ってるのね？　そうなのね？　買ってやろうじゃないの」

リリスの襟首《えりくび》を掴《つか》もうとするアンゼリカを、ルインは慌てて止めた。

「と、ともかく、アンゼリカの言うことは尤もだ。少し街の様子を見た方がいいかもしれないな」

「そうね。わたしも気になるわ。この街が上手く機能している理由……アンゼリカの言うように『何か』があるのかもしれない」

セレネの発言をきっかけに、ルイン達はひとまず、街の調査を開始することにした。

大通りへと戻り、人混みを掻《か》い潜《くぐ》りながら歩いていく。

とは言え、見たところは二種族が交じり合っている以外、街に何かおかしな点があるわけではなかった。

「調べるって、具体的にどうするの。あそこで売っている串焼《くしや》きでも買う？」

リリスが軒先《のきさき》に屋台を出している店を指したが、セレネから「ダメ」と即座に却下《きやつか》された。

「それはあなたが食べたいだけでしょう。目的と全然関係ないわ」

「いや、意外とこういうところから紐《ひも》づいて真相に辿り着くやもしれぬ。何事も試《ため》してみなければ分かるまい。何も分からなくとも、何も分からなかった、という結果は得られるじゃろうが」

「サシャも詭弁《きべん》を弄《ろう》するんじゃありません！　それってなにもしてないのと同じだからね⁉」

まったくもう、と腕を組むセレネにルインは心の中で感謝した。突っ込む役割が一人増えるだけで自分の負担が大分減る。

「ねえ。あの建物なにかしら。随分と大きいけど」

と、そこでアンゼリカが指差す方向に、場に居る全員の視線が集まった。

大通りを真《ま》っ直《す》ぐに進んで抜《ぬ》けた先、確かに他と比べてひと際巨大《きわきょだい》な建物がある。真っ白な漆喰《しっくい》の壁《かべ》には花々や草木の絵が描《えが》かれており、どことなく清々《すがすが》しい印象を受けた。

「ちょっと行ってみない？　街をただぶらぶら歩いてても仕方ない気はするし」

「……それもそうだな。なにかあるかもしれないし」

ルインが頷くと、他の皆《みな》も特に反対ではないようであった為《ため》、揃って建物へと向かった。

入り口に立ち、ルインの背以上もあるような木製の扉《とびら》を押《お》し開けると、途端《とたん》に派手な声が出迎《でむか》える。

「いらっしゃいませ！　グランディスが誇《ほこ》る商業施設《しせつ》『オルレアン』へようこそ！」

広いホールの向こうにはカウンターがあり、五人ほどの女性が立っている。

彼女達は皆、同じ意匠《いしょう》の服を身に着け、不自然なほど満面の笑みを浮かべていた。

「商業施設、ですか？」

近付いてルインが尋《たず》ねると、店員らしき女性は「はい！」と必要以上に大きな声で答える。

「オルレアンでは各地から集められた服や装飾品《そうしょくひん》、雑貨、食料品などを取り扱《あつか》っております。その規模は大陸一と申しても過言ではございません！　ぜひ一度、ご覧になって下さいませ！」

「はあ。要するにすごく大きなお店ってことですか」

「そう捉《とら》えて頂いて構いません！　お客様はご家族ですか？」

突拍子《とっぴょうし》もないことを言われ、サシャが噴き出した。

「そ、そんなわけなかろう！　こんな不揃《ふぞろ》いな家族がいるか！」

「左様で御座いますか。失礼致《いた》しました。ですがどのような方であってもこのオルレアンは魅力的《みりょくてき》な場所となりますよ？」

「……どうする？　中を見てみるか？」

ルインが尋ねると、サシャはホールをぐるりと見回した上で、

「……まあ、良いのではないか」

と結論付けた。他の皆もそれぞれ頷く。

「それじゃあ、ちょっと回ってみるか」

ルインは言って、左へと続く通路を歩き始めた。

しばらく行くと、急に開けた場所に出る。そこはまるで、先程《さきほど》までの商店通りを丸ごと移動させたかのような空間だった。

ただし左右に並ぶ店の外観や内装は全て洗練された造りをしており、どこか気品溢《あふ》れる雰囲気《ふんいき》に満ちている。

高い天井《てんじょう》からは幾《いく》つものシャンデリアが下げられ、煌《きら》びやかな光で建物中を照らしていた。

たとえばの話、貴族専用の商店街があれば、このような場所になるのかもしれない。

「これは……なんていうか、びっくりするくらいに豪華《ごうか》ね。こんな施設、見たことないわ」

セレネは呆気《あっけ》にとられた様子で周囲を見回している。

「ふむ。ここもロディーヌが作ったのかのう」

興味深そうに言ったサシャに、リリスが答える。

「ロディーヌがこの街を支配したのってそんなに前じゃないでしょ。元からあったんじゃない？」

「だろうな。街を乗っ取った時にそのまま利用したんだろう」

ルインも自身の推察を述べつつ、さてどうするかと唸《うな》った。残念ながら服も装飾品も雑貨も自分はさして興味がない。どこの店にも入りたいとは思わなかった。

（とは言え、街を調査するんだから色んなところを見た方がいいか）

買う気もないのに行くのは失礼かもしれないが、どこか適当な店でも選んで入ろう。

そう思ったところで、

「ルイン、行くわよ」

ぐい、と手を引かれ驚いて見ると、アンゼリカが目を爛々《らんらん》とさせていた。

「え？　どこに？」

「間の抜けたこと言ってんじゃないわよ。片《かた》っ端《ぱし》から回るのよ！」

「は？　え、いや、なぜ？」

「はあ⁉　あなた、馬鹿なの？　これだけ店が沢山《たくさん》あるんだから、行かない理由はないでしょ⁉」

「いやオレは別に……」

「四の五の言わない！　あたしはお金なんて持ってないんだから！　あなたが居なきゃどうにもならないでしょうが！　ほら、さっさとする！」

有無《うむ》を言わさぬ調子で告げると、アンゼリカはルインの手を強引《ごういん》に引いて歩き始めた。

「ちょ、ちょっと！　アンゼリカ⁉　そんなに急がなくても店は逃《に》げないって！」

止めようとするもルインの言葉がまるで届いていないように、アンゼリカは鼻息荒《あら》く進んで行く。

「あ、こら、ルインをどこに連れて行く気なの⁉　待ちなさい！」

後からセレネやサシャ達《たち》も追って来た。

アンゼリカは獲物《えもの》を狙《ねら》うような目で建ち並ぶ店を見定めていたが、やがてはある一軒《けん》に視線を止める。

「ここよ！　あたしの勘《かん》がそう言ってるわ！」

そのまま飛び込《こ》むような勢いで入店した。

店内では主に首飾《くびかざ》りや指輪を扱っているようで、全体的に眩《まばゆ》いほどキラキラとしている。

「いらっしゃいませ。何かお探しでしょうか？」

「試着できる⁉」

やって来た女性店員に、アンゼリカはすかさず尋ねた。

「え、ええ、可能で御座いますが……」

「ならやるわ。ついてきなさい！」

言うや否《いな》や、早足で商品が並ぶ棚《たな》へと向かう。女性店員は驚いたように立ち止まっていたが、職業意識からかすぐに彼女の後に続いた。

「なんなのじゃ、あやつは。いきなり人が変わったように」

ようやくルイン達に追いついたサシャが、わずかに息を切らしながら言う。

「さ、さあ。装飾品が好きなのかもしれないな」

獣のような勢いで指輪を選んでいるアンゼリカの後ろ姿を見ながら、ルインは答えた。

「へえ。変わってるね。あんなものいくらあってもお腹一杯《なかいっぱい》にならないのに」

リリスが理解できないといった顔で口にするのに、セレネは苦笑《くしょう》する。

「いや、さすがにあそこまでじゃないけど、わたしだって人並みに好きよ？　どちらかと言えば、リリスの方が変わっている気がするけれど。ねえ、サシャ？」

「わらわも別に要《い》らぬ。ジャラジャラしたものを身に着けていたところで動くのに邪魔になるだけじゃ」

「……あなた達、本当に王様だったの？」

セレネが疑わしげな眼差《まなざ》しを送った。無理もない。

「ちょっと！　ルイン！　こっちに来なさい！」

そこでアンゼリカが手招きしてきた為、ルインは何事かと近付いていった。

すると、振《ふ》り返った彼女は、指や首や腕や額といった体のあらゆるところに様々な宝石をあしらった装飾具《そうしょくぐ》を身に着けている。

「どうかしらこれ。どう思う？」

「どうって……なぜオレに訊くんだ」

「そういうことは気にしないでいいのよ。なんか言いなさい」

「……そうだなぁ」

ルインは腕を組み、アンゼリカの姿をじっと見つめた。

問われたからにはきちんと答えなければならない、と真剣《しんけん》になっていると、彼女はわずかに頬《ほお》を赤らめる。

「な、なによ。そんなに似合ってる？」

「ああ。似合ってるよ。それに――あれだな」

「あれ、とは……!?」

なにかを期待するように身を乗り出したアンゼリカに、ルインは率直《そっちょく》に思ったことを告げた。

「夜でも目立つから見つけやすそうだ」

「…………」

「…………」

「……セレネ、来なさい」

なぜか低い声で呼ばれたセレネが寄ってくるのに、アンゼリカはルインを指さした。

「今の聞いてたでしょ。どう思うの」

「え。……ルインらしい答えだなと思うけれど」

「そういうのはいいのよ。零点《れいてん》でしょ、零点ッ!!」

「ええ!? 零《ぜろ》なのか!?」

驚くルインに、セレネと一緒にやってきたサシャがうんうんと頷《うなず》く。

「その通りじゃ、ルイン。こちらが見つけやすいということは、敵にも見つかりやすいということ。つまりそういった視点も踏まえて答えよということじゃな！」

「あなたも零点よ。サシャ」

半眼になったアンゼリカから言われ、サシャもまた「ええ!?　なぜ!?」と仰《の》け反《ぞ》った。

それには構わずアンゼリカは、ぐい、とルインに迫《せま》ると、

「あなたねえ。仮にもあたしがお洒落《しゃれ》しているのに目立つから夜でも見つけやすいってなによ、夜でも見つけやすいって！　あたしは蛍《ほたる》じゃないのよ!?　もっと他にないの!?」

「ほ、他って……防御力《ぼうぎょりょく》が高そうだなとか……」

「それは私も思った」

いつのまにか隣《となり》に居たリリスが心から同意するように言う。

「……あなた、戦いは一流なのに異性への対応は五流並ね」

最早《もはや》、呆《あき》れるどころか同情さえしているような顔になるアンゼリカ。

「セレネ、あなた、こいつの幼馴染《おさななじみ》なのよね。昔からこうなわけ?」

「え。ま、まあ、そう……だったわね」

問われてセレネは戸惑《とまど》いつつも答えた。

「じゃあ、あなただってあたしと同じように、見当違《けんとうちが》いなこと言われたんじゃないの。着《き》飾《かざ》ってるのに防御力が高そうだねとか訳の分からないことを」

「……似たようなことは」

セレネから横目で見られて、ルインはそうだったかと内心で焦る。まるで覚えがなかった。つまり自分としては特に問題ないと思って言ったのだろう。

「そういう時に指摘《してき》しないからいつまで経《た》っても治らないのよ。あなただって、可愛《かわい》いねとか素敵《すてき》だねとか言われたかったでしょ⁉」

「そっ……そんなこと……」

瞬時《しゅんじ》に頬を赤らめ目を逸《そ》らすセレネへと、アンゼリカは更《さら》に畳《たた》みかける。

「そうやって遠慮《えんりょ》するからダメなの！　ずばり言った方が関係が進展することだってある

んだから。あなた、どう見てもルインのこと好――」

「わあああああああああああああああ！」

突然《とつぜん》に大声を出すと、セレネは顔を真っ赤にしたままアンゼリカに飛びつきその口を押さえた。

「いいから！　そういうのは！　ちょっと黙《だま》っていてくれるかしら⁉」

アンゼリカはそれでもしばらくの間、もごもごと不満を訴《うった》えるように口を動かしていたが、やがては降伏《こうふく》するように両手を上げる。

「ど、どうしたんだ、セレネ」

普段《ふだん》おしとやかなセレネからは考えられないほど荒っぽい行動にルインが目を白黒させていると、彼女は笑顔《えがお》で「なんでもないの」と首を横に振った。

セレネが手を離すと、アンゼリカは大きく息をつく。

「まったくもう。別にあなたがいいならそれでいいけど。そうやって気持ちを隠しながら、いつかはきっとなんて思ってると、いつの間にか他の誰《だれ》かにとられるわよ。サシャとかリリスとか」

「は⁉　な、なんの話じゃ⁉」

動揺《どうよう》するサシャの隣で、リリスは顔を背《そむ》ける。

「私は別に……」

そう呟《つぶや》く彼女の頬は、しかし、わずかに朱《しゅ》に染まっていた。

「忠告しておいてあげるわ。欲《ほ》しいものがあるならとっとと手に入れなさい。それでなにが起こるかなんて、手に入れた後に考えればいい話なのよ」

妙《みょう》に説得力のあるアンゼリカの言葉に、サシャ達は圧倒《あっとう》されたかのように黙り込んだ。

「へえ。サシャ達はなにか欲しいものがあるのか。オレで良ければ協力するよ」

が、そこでルインが発言すると、アンゼリカを含めた全員が揃って目を細める。

「……え、なぜそこでオレを責めるような視線を？」

思わず尋ねるが、彼女達《たち》は揃ってため息をつくだけであった。なにやら立場が悪くなってきた気がしてきた為、ルインは話題を変えることにする。

「と、ところで、アンゼリカはそういう装飾品が好きなのか」

「ん。ええ、そうね。というより色鮮《いろあざ》やかで美しいものが好きなのよ」

そういえば、と思い出す。以前に見たアンゼリカの城もまた、装飾過多で華《はな》やかな外観をしていた。

「よく海に潜って、珊瑚礁《さんごしょう》とか色とりどりの魚の群れとか、そういう景色を見ていたから。自然と興味を惹《ひ》かれるようになったのかもしれないわね」

「なるほどな。……うん。良い話を聞かせてもらったよ」

ルインの言葉にアンゼリカは片眉《かたまゆ》を上げる。

「ん？　さっきのどこが良い話なの？」

「アンゼリカ自身のことが分かったからだ。君のことは、もっと知りたいからね」

「…………は？」

気の抜けたような声を漏《も》らしたアンゼリカは、次の瞬間《しゅんかん》、耳まで赤くなった。

「は、はあ⁉　あ、あなた、いきなりなに言って――」

「君は仲間だからな。色々と把握しておきたいんだよ」

「……あ。うん。そう。そうよね。あなた、そういう奴だったわ」

が、ルインの続けた言葉に、彼女は冷静になったように額を押さえる。

「……どうかしたか？」

「なんでもないわ。なんでもないけど、今身に着けてる装飾品、全部買うからね」

「ええ⁉　いやそんな予算はないぞ⁉」

「うるさいわね。余計なことを言った罰《ばつ》よ、罰！」

店員を呼び、強引に買い付けようとしたアンゼリカだったが、サシャ達に止められて、
結局は指輪を一つだけ購入《こうにゅう》するに留《とど》めたのだった。

「……助かったよ、サシャ」

店を出たところでルインが礼を言うと、サシャは肩《かた》を竦《すく》める。

「これくらいはどうということもない。……ま、お主がそういう奴だというのにはアンゼリカも徐々《じょじょ》に慣れるであろう」

「ん……？　よく分からないけど、とにかく、ありがとう。ところでリリス、君もああいうのは買わなくていいのか」

ルインが指差した方には、小さな置物を販売《はんばい》する店がある。ただし先程寄った店のように煌びやかな高級志向ではなく、動物や花を象《かたど》っていたり等、どちらかと言えば可愛らしさを前面に押し出したところであるようだ。その分、値段もそこまで高くはない。

「なに言ってるのよ、あなた。リリスがあんなもの買う訳ないでしょ」

やはり女心が分かっていない、というような調子でアンゼリカが口にするものの、

「…………」

リリスの方はじっと店を見つめたまま沈黙《ちんもく》していた。その視線にはどことなく熱いものを感じる。

「ところが買うのじゃなあ。リリスは可愛いものがなによりも好きなのじゃ」

サシャが何もかも理解しているように笑みを浮《う》かべると、リリスがそこで我に返ったよ

うな顔をして目を背けた。

「へえ、リリスってそうなのね。良かったらお店に寄りましょうか？」

セレネからの提案にも、彼女はぼそりと答える。

「べつに。欲しくない」

「無理しなくていいぞ」

気遣《きづか》うルインに、リリスは頬を赤らめて睨《にら》み付けて来た。

「していない。いらない」

「……そうか。ならオレが買う」

「え」

「オレがリリスにあげたいから買うよ。いらないなら捨ててくれ」

言うが早いかルインは店に駆《か》けると、寝《ね》ている猫《ねこ》の像を購入して戻《もど》ってくる。

「ほら。これくらいならもっていても旅の邪魔《じゃま》にはならないだろ」

ルインに手渡《てわた》されたものを、リリスは最初、中々受け取ろうとしなかった。

だがやがて、我慢《がまん》できなくなったように、俯《うつむ》きながら素早《すばや》く奪《うば》い取る。

「まあ……捨てるのもなんだから。もらっておいてあげる」

素っ気無く言いながら懐《ふところ》に仕舞《しま》ったものの、その後歩き出したリリスの足取りは、心なしか軽やかだった。

「……なんだか可愛いわね」

その様子を見つめていたセレネが思わずといった感じに漏らすと、リリスは即座《そくざ》に振り返って叫《さけ》ぶ。

「可愛くない……！」

未《いま》だに自身の嗜好《しこう》を表だって認めたくはないようだ。ルインはサシャと顔を見合わせて笑った。

「……なんというか、魔王《まおう》っていっても色々ね。魔王使いのルインも持っている力の割にどうも抜けてるし。変な感じ」

一連の様子を見ていたアンゼリカが感想を呟くと、セレネが口元を緩《ゆる》めて言った。

「そうね。でもサシャ達もそうだけど、色んな意味でルインが変わっていなくて安心したわ。すごい力を持ってるのに昔と一緒《いっしょ》で――」

が、そんな彼女の声を、建物中に渡《わた》るような甲高《かんだか》い響《ひび》きが遮《さえぎ》った。

「これはダーレス様！　よくぞお越《こ》し下さいました！」

「ああ。妻への贈《おく》り物《もの》を買いに来てな。良いモノがあるのだろうな？」

ルインが振り返ると、先程アンゼリカに連れられて入った装飾品店に男が入っていくところだ。店員たちが全員、瞬時に集まるとほぼ同時に深々と頭を下げた。

「もちろんで御座います！　どうぞこちらへ！」

ルイン達に接した時より更に丁寧な仕草で案内されるのに、男は満足そうについていった。

「なによあれ。特別扱いみたいで気に入らないわね。常連かしら」

アンゼリカが不服そうに店を睨み付ける。確かに男の身なりは全体として高貴さが溢れていた。こういったところにしょっちゅう通っていてもおかしくはない。

「ねえ、ルイン。あの男の人、変なものつけてなかった？」

そこでリリスが投げかけて来た問いに、ルインは首肯《しゅこう》した。

「ああ。胸に、印章みたいなものがあったな」

遠目にではあるが、金で造られており、中央には剣《けん》を思わせる紋様が彫《ほ》られているのが確認《かくにん》できた。

「ふむ。この街の貴族かなにかかもしれぬな。身分を証明するものであろう」

サシャの分析《ぶんせき》に、セレネが「そうね」と相槌《あいづち》を打つ。

「魔族とは言え、王様が居るんだからそういう人がいてもおかしくないわ」

「ま、どっちでもいいわ。次の店に行きましょ」

アンゼリカが興味なさそうに言って歩き出した為、ルインは「え」と固まり、その背に声をかけた。

「まだ行くのか？　結構堪能《たんのう》してたと思うけど」

「そんなわけないでしょ。最低でも十軒《じっけん》はいくわよ」

「ええええええ。わらわ、別行動したいのじゃが」

「わたしも。食料品店とか見てみたい」

手を挙げたサシャとリリスに、アンゼリカは牙を剥《む》く。

「四の五の言わない！　食料品なんていつでも見れるでしょ⁉」

「横暴じゃ！　我々は仲間であろう。調和を大事にせよ！　勝手な行動は許さぬぞ！」

「そうだそうだ。アンゼリカの希望する店に行ったんだから、次は私達だよ」

「むっ……しょうがないわね……」

二人の勢いに押されたのか、渋々《しぶしぶ》といった感じでアンゼリカは了承《りょうしょう》した。

「じゃあ交代交代よ。あなた達の望む店に行ったら、次はあたし。それでいい？」

「うむ。それこそが平等というものじゃ」

「文句なし」

納得《なっとく》したように頷く二人に、アンゼリカもようやく笑みを見せ、「それじゃ行きましょ」

と機嫌《きげん》よく再び進み始めた。

「……別にいいんだけど、三人とも当初の目的を忘れてないか？」

本来はこの街を調査する為に施設に入ったのだが、とルインが思っていると、セレネが諦《あきら》めたように呟く。

「忘れているわね、あれは。ひと段落するまで時間がかかりそうね……」

セレネの予想通り、サシャ達はそれから何軒も店をはしごし、それぞれが好きなものを買い漁《あさ》ったのだった。――もちろん、ルインの財布《さいふ》を使って。

「……ふう。満足じゃ」

数時間後。サシャは懐に紙袋《かみぶくろ》を抱《かか》えて、施設の中心にある休憩《きゅうけい》場所に設置されたベンチに腰《こし》を下ろした。

「うん。美味《おい》しそうなもの色々と買えた。……あと可愛いものも」

リリスは珍《めずら》しく顔を綻ばせながら、手に持った焼き菓子を齧《かじ》っている。

「ま、それなりの品揃《しなぞろ》えだったわね。及第点《きゅうだいてん》をあげてもいいわ」

言葉とは裏腹に、アンゼリカは悩《なや》んで買った腕輪《うでわ》を愛《いと》おしそうに見つめていた。

「ごめんね、ルイン。わたしまで買ってもらって」

セレネは自身の首から下がった飾《かざ》りを申し訳なさそうに持ち上げる。

何度も拒否《きょひ》した彼女に、アンゼリカが「あなたも嫌《きら》いじゃないなら一つくらいもっときなさい」と押し付けたものだ。

「やっぱりわたしの分だけでも払《はら》うわ。いくらだったかしら」

財布を取り出そうとするセレネを、ルインは手で制する。

「いいよ。セレネに贈り物とかしたことなかったから。丁度良かった。良く似合うよ」

笑みを浮かべて告げると、セレネは頬を染めながら「そ、そう？」とはにかんだ。

「ありがとう。大事にするわね」

「ああ。さて、次はどうするかな……時間的にそろそろ陽が暮れる頃《ころ》だけど。今のうちに宿をとっておいた方がいいかな」

そう誰ともなくルインが呟いていると、傍《そば》を歩いていた店員に声をかけられる。

「お客様！　もしかして外部の方でしょうか？　本日お泊《とま》りになる場所をお探しであれば、当施設の二階をお薦《すす》めしますよ」

「二階に宿があるんですか？」

「はい！　実はここ『オルレアン』には、他の街の宿にはない名物がございまして。疲《つか》れを癒《い》やすにはぴったりで御座《ござ》いますよ」

「はあ。一体、どういうところなんでしょう？」

首を傾げたルインに、店員は他と変わらぬ全開の笑顔で答えた。

「ええ。――大型公衆浴場に御座います！」


扉を開けると、むわっとした空気が剥き出しの肌《はだ》に当たった。

視界を、霧《きり》のような真っ白い湯気が支配する。

「へえ……予想以上の規模だな」

入り口に立ったまま、ルインは素直に感動した。

広々とした室内には、巨大《きよだい》な浴槽《よくそう》が幾つも設置されている。

他にも積み上げられた岩から小さな滝《たき》が流れていたり、細緻《さいち》な造りをした彫刻《ちようこく》が所々に設置されていたりと、雰囲気作りにも力を入れているようだ。

公衆浴場は大きな街であれば一つくらいはあるが、これほどまでにこだわったものは見たことがなかった。店員が自信をもって薦めただけのことはある。

なんでもこの土地には昔から温泉が湧《わ》いており、それを直接引いてきているそうだ。疲労《ひろう》から、肩こり、関節痛、胃痛や腰痛《ようつう》まで様々なものに効能があるとのことだった。

「ちょっと料金は高かったけど、思い切ってここの宿をとって良かったな。久《ひさ》し振《ぶ》りにくつろげそうだ」

ルインは期待を抱きながら、浴場へと足を踏み入れた。

旅をしていると風呂《ふろ》に入るどころか、湯を使うことすら難しいことがほとんどだ。

川があれば水浴び程度は出来るが、時にはそれすら不可能なこともある。

故《ゆえ》にこういう機会を活《い》かして疲れを癒やすことが出来るのは大変にありがたいことだった。

「さて、どこから入ろうかな……」

ルインが迷っていると、不意に後ろから軽く押された。

「おい、なにをぼうっとしている！」

振り返ると、壮年《そうねん》の男が立っている。どこかで見たことがあると思ったら、先程、装飾品を扱う店に入っていった人物だ。確か、ダーレスと呼ばれていた。

（このヒトは多分、この街の住人だと思うけど……そういえば、公衆浴場の入り口に、宿《しゅく》泊《はく》者《しゃ》以外の者も料金を払えば入浴することが出来るって説明書きがあったな）

確かにこれだけ大きな施設であれば、旅人以外にも利用したがる者は多いだろう。

「すみません」

ルインは急いで横に避《よ》けるが、ダーレスはそれでも些《さ》細《さい》な粗《そ》相《そう》すら許さぬとばかりに睨み付けて来た。参ったなと思っていると、

「貴様、上級か？　それとも下級か？」

唐突《とうとつ》に、訳の分からない質問を投げかけられる。

「え？　じょうきゅう？」

ルインが怪訝《けげん》な顔をすると、ダーレスは益々《ますます》苛立《いらだ》ったような顔で声を荒らげた。

「上級か、それとも下級かと訊《き》いている。さっさと答えろ！」

「いや……なんのことでしょう」

当惑《とうわく》しているルインを見て、彼《かれ》は黙り込んだ。何かを考えるように間を空けて、

「……貴様、街の住人ではないのか」

「え、ええ。旅人ですが」

「ふん。なんだ。それならそうと言え。ならば今回だけは許してやる。ありがたく思えよ」

つまらなそうに吐《は》き捨てて、ダーレスは「どけ！」とルインの体を強引に押しのけ、浴槽へと向かっていった。

（……上級？　下級？　どういうことだろう）

話し方からして、街に住む者であれば知っていて当然のことであるようだ。

不思議に思いつつも、ルインは関わり合いになりたくなかった為、ダーレスから離《はな》れたところにある浴槽へと向かった。

足先から湯に浸《つ》かった途端、じわりとした熱さが身に染《し》みる。

飛び上がるほどの温度ではないが、さりとてぬるいと思うほどでもない。

正に適温というに相応《ふさわ》しいお湯に、ルインは知らず知らず息が漏れた。

思えばパーティを追い出されてからというもの、旅から旅の連続である。

更には魔王使いに覚醒《かくせい》してから実に様々なことがあった。

無意識の内に、疲労が蓄積《ちくせき》してしまっていたのだろう。

湯煙《ゆけむり》の中でぼうっとしていると、体の澱《おり》ともいうものが少しずつ消えていくようだった。

「たまには大きな風呂に浸かるのもいいな……」

心底から堪能してそう呟いていると、不意に遠くから大きな声が聞こえて来た。

「貴様！　オレを火傷《やけど》させるつもりか！」

視線をやれば半ば予想していた通り、先程ルインに絡《から》んできたダーレスである。

怒鳴《どな》られているのは湯から立ち上がっている青年だった。その腰から牛を思わせるような尾《お》が生えている。魔族《まぞく》だった。

「あ、申し訳ありません！　そのようなつもりはなく、ただ湯から上がろうと……」

「事実、貴様が立ち上がった時に飛沫《しぶき》が跳《と》んでオレにかかったではないか！　わざとやったのではあるまいな⁉」

「ち、違《ちが》います！　気を付けていたつもりだったのですが」

「黙れ。貴様、上級か、それとも下級か⁉」

ダーレスが、ルインにしたのと同じ質問を投げかけると、青年は俯いて小さく答えた。

「……下級にございます」

「ふん。下級如きがオレと同じ風呂に入るとはおこがましい。だから上級専用の風呂場《ふろば》をさっさと作れとオレは再三言っているのだ。貴様、下級の分際でオレにこのような真似《まね》をして、ただで済むと思っているのか⁉」

突然立ち上がると、ダーレスは青年へと近付き、乱暴な手つきで頭を掴んだ。

「申し訳ありません！　何卒《なにとぞ》、ご容赦《ようしゃ》を！」

「うるさい！　貴様達はオレ達に生かされているという自覚が足りぬのだ。だから平気な顔で同じ風呂に入ろうとする」

「で、ですが、この施設は上級専用の風呂場が出来るまでは、身分関係なく……」

「御託《ごたく》を抜かすな。反抗的《はんこうてき》な奴《やつ》だ。どうやら制裁が必要なようだな」

脅《おど》しつけるように言うダーレスに、青年は何度も許しを請《こ》いながら、頭を下げる。

（……夢でも見ているかのようだな。魔族が人間に謝《あやま》っているなんて）

本来ならありえない光景に、ルインはつい見入ってしまった。

が、呑気《のんき》に観察している場合ではない。周囲の客は二人を遠巻きに眺《なが》めるばかりで素知らぬ振りをしているし、このまま放っておけば大きな問題が起こってしまう可能性があった。

「その辺にしておいたらどうですか。彼も悪気はないようですし」

見かねてルインはダーレス達に近付き、止めに入る。

するとダーレスは、獅子《しし》を思わせるような憤怒《ふんど》の形相を向けて来た。

「下がっていろ。旅人の貴様には関係のないことだ」

「そういうわけにもいきません。やり過ぎですよ」

「うるさい。消えろ！」

取りつく島もないとはこのことだ。どうしたものかとルインは少し迷ったが――やがて、少し身を屈《かが》めた。

そうして、湯を少し掬《すく》うと、それをダーレスへとかける。

「あつっ……おい、なんのつもりだ⁉」

「そこの人より多くの飛沫をかけました。オレもあなたを火傷させるつもりかもしれませんよ。怒《おこ》ったらどうですか。相手になります」

「……貴様……」

ダーレスは真っ赤になった顔で、ずかずかとルインの傍まで寄ってくる。

「いいだろう。そんなに痛い目を見たいなら、望み通りにしてやる！」

叫びと共に手を伸《の》ばしてくる彼の腕《うで》を、ルインは掴《つか》み取った。

そのまま体を反らし、かかってくる力を活かして、容易《たやす》く後ろへ放り投げる。

「ぐおっ……⁉」

ダーレスは派手な湯飛沫を上げて、浴槽の底へ沈《しず》んだ。

「き、貴様、よくも……！」

歯を食《く》い縛《しば》りながら再び立ち上がる彼にルインは身構えたが、

「も、もういいです。やめてください！」

青年にしがみ付かれ、懇願《こんがん》された為《ため》に、そちらを見た。

「いや、でも……」

「いいんです。ここであなたに助けてもらっても後でどんな目に遭《あ》うか……これは仕方ないことなんです……！」

「……どういうことですか？」

「とにかく、やめてください。困ります……！」

ルインの質問には答えずひたすらに縋《すが》り続ける青年に、ルインは困り果て、ついには頷く。

「分かりました。あなたの言う通りにします」

「……ありがとうございます」

青年はほっとしたように言って、ダーレスの元へいき、同じように頭を下げ始めた。

「本当に申し訳ありません。二度とないようにしますから……！」

「……くそ。興が削《そ》がれた。もういい。今後、この施設《しせつ》に来るなよ！」

ダーレスはまだしこりがあるような様子を見せながらも、舌打ちし、その場から去っていった。青年もまた慌《あわ》てたような足取りで、風呂場を出て行く。

「……仕方がないって、言ってたな」

まるでダーレスに怒声《どせい》を浴びせられたのは、完全なる自分の落ち度ではなく『そういうことになっているから』だとでも言いたいかのような口調だった。

(どうにも妙だ。あの男が貴族のような地位に居るのなら、そもそもこんなところに来ないだろうし)

ルインは疑問を抱きつつも、ふと視線に気づいて周りを見回す。

いつのまにか他の客が、厄介者《やっかいもの》を見るような目線を送って来ていた。

どうしようもないことなのに、余計なことをしやがって――。

そんな気持ちが、物言わずして伝わってくる。

なんとなく居心地《いごこち》が悪くなり、他の場所へ行くことにした。

広い浴場をなんとはなしに歩きながら、自然と人目を避けるように足が向く。

すると間もなく、上へと続く階段を見つけた。

横の壁《かべ》には木札が下がっており『露天風呂《ろてんぶろ》』とだけ書かれている。

「露天？　外に風呂があるってことか」

聞いたことがない言葉に興味をそそられて、ルインは階段を上った。

二階まで来ると目の前には扉《とびら》がある。ノブを握《にぎ》って開けると、ひやりとした空気が肌を刺《さ》してきた。

扉の先は、本当に外になっている。

石造りの床《ゆか》を進むと岩によって作られた広い浴槽があり、周囲は背の高い木や様々な種類の花によって飾り付けられていた。

「へえ……これはすごいな」

道中すがら何度か公衆浴場には入ったが、このような場所は見たことがない。

濛々《もうもう》と湯けむりが立ち込めており、周囲の様子は分からないが、気配からすると今のところ誰も入っていないようだ。

新鮮《しんせん》な気持ちで、ルインは浴槽へと身を預けた。

すると、首から下は熱い湯につかっているものの、顔は外気に当たっているためよく冷える。そのおかげでいつまでも入っていられそうだった。

(これは良い具合だな。今度こそ、ゆっくりできそうだ)

ルインは満足し、目を閉じる。

周囲からは微《かす》かに湯の落ちる音が聞こえて来るだけで、後は静けさに満ちていた。

それが思っていた以上に心地《ここち》よく、気持ちが安らいでいくのを感じる。よく考えてみれば、サシャ達は女湯の方に入っているため、一人になるのは久し振りだった。

クレスの元を離れてからは仲間もおらず孤独《こどく》に活動していたが、気付けばサシャ達が傍にいて、騒《さわ》がしいのが日常になっていたのだろう。

なんだか今の状態にひどく違和感《いわかん》があるように思って、ルインはつい笑《え》みを漏らしてしまった。

(なんだかこうしていても、彼女達の声が聞こえてきそうだな)

そう。たとえば、サシャがいつものように張りのある声を上げたりなどして。

「ほう。露天風呂か。これは見事だな。わらわの城にも風呂はあったが外に作るという発想はなかった」

するとそれに対してリリスが答えるのだ。

「わざわざ外でお風呂に入る意味あるのかなと思ってたけど、案外と悪くないね」

「ま、内装はショボいけどお湯の質自体は中々ね。褒《ほ》めてあげてもいいわ」

アンゼリカがいつものような調子で言うと、セレネが呆れたように返す。

「もう。どこから目線なのよ、あなたは。……いや、まあ、王様ではあるのだけど」

そうそうこんな感じだ、とルインは頷く。自分でも驚《おどろ》くほど、彼女達がしそうな会話を上手《うま》く再現できた。

「うむ。内風呂もそうであったがこちらも中々の心地。日頃《ひごろ》の疲労が露《つゆ》となって消えるようじゃ」

「あなたでも疲れることってあるの？　いつもお気楽に生きてるように思えるけど」

サシャがとろけるような声で呟くと、すかさずアンゼリカが嫌味《いやみ》を言う。

「馬鹿を申すな。わらわほど神経をすり減らして日々を過ごしてる者もおらぬぞ。お主のように女王然として好き放題やっている輩《やから》と一緒にするな」

「なに偉《えら》そうに言ってるのよ。好きにやれるなら好きにやればいいじゃない。わざわざ面《めん》倒《どう》な生き方してる方がどうかと思うわ」

「わたしからすればどっちもどっちだと思うけど……リリス？　どうかしたの？」

セレネに問われ、沈黙していたリリスはぼそりと言った。

「……サシャもセレネも、改めてみるとやっぱり大きいね」

「なっ――ちょ、どこ見てるのよ!?」

恥《は》ずかしそうなセレネの声と共に、激しい水飛沫《みずしぶき》の音。同時に快活そうな笑い声が弾《はじ》ける。

「フハハハハハハ。そう羨《うらや》ましがることはない。お主もその内に大きくなるじゃろう。ま、わらわ程《ほど》ではないじゃろうがな」

「別に大きくなりたいなんて思ってないけど。前にも言ったけど戦いの邪魔になるだけだし」

「そうよ。大きさを誇《ほこ》るなんて野蛮極《やばんきわ》まりないわ。重要なのは形よ。あたしみたいにね」

アンゼリカが誇らしげに言うと、サシャが鼻を鳴らした。

「自信がない奴こそそうやって逃《に》げ道《みち》を作るのじゃよ」

「に、逃げてないわよ!?　逃げる必要なんてないじゃない！　大体、サシャもセレネも、ちょっと胸が大きいからって威張《いば》るのは下品よ！」

「わたしは別に威張ってないわよ!?」

セレネが心外だとばかりに叫ぶと、アンゼリカが「そんなことないわ！」と反論する。

「無意識に出てるのよ！　特別ですから的な空気が！」

「せ、先入観で言わないでよ！　あなたが自分の体型に満足していないからそういう歪《ゆが》んだ発想が出て来るんでしょう⁉」

「言うに事かいて歪んでるとか言ったわね⁉　人間の癖《くせ》に生意気な……！」

「ちょっと。ルインの仲間になったのだから、そういう差別的な思想は捨てるべきじゃないの？」

「関係ないわよ！　仲間でもないし！」

「お主ら、風呂に来てまでぎゃーぎゃーわめくでない」

「そうだよ。周りに迷惑《めいわく》」

「元々はリリスとサシャが余計なこと言うからでしょう⁉」

「そうよ！　あなた達《たち》、責任とりなさいよ！」

「…………」

あれ、と。そこでルインは違和感に気付いた。

自分の脳内で繰《く》り広《ひろ》げられているにしては、妙に生々しいやりとりだ。

これではまるで、サシャ達が本当に傍にいるみたいではないか。

（いや、そんな馬鹿な……）

と思って、ルインが視線を隣へと向けた時。

不意に強い風が吹《ふ》いて、濛々と煙《けぶ》る湯気の大半が取り払われた。

果たしてそこには――。

「責任とはなんじゃ、責任とは。そんなものどうやってとればいいのじゃ」

「そうね。あたしとセレネに、後で高級料理でも奢《おご》りなさいよ！」

「あ、それはいいわね。わたしも賛成」

「なるほど。良い案」

「いやお主も奢るのじゃぞリリス!?　なに第三者目線で申しておるのじゃ!?」

立ち上がって言い争いをする、半裸《はんら》のサシャ達が居た。

「…………は？」

目の前の現実が到底《とうてい》、受け入れられず――ルインは、間の抜《ぬ》けた声を漏らす。

すると、それが聞こえたのかサシャ達が会話を止め、ゆっくりと注意を向けて来た。

「なに？」「え？」「は!?」「……え」

思い切りルインと目が合った途端《とたん》、サシャ達は完全に硬直《こうちょく》する。

彼女達は入浴用の肌着《はだぎ》を身に着けていたものの、それが隠《かく》しているのはせいぜいが胸と腰回《こしまわ》りだけ。しかも生地《きじ》が驚くほど薄《うす》く、湯に浸かった為か透《す》けて、半ば下が見えかけていた。

「……えーと」

ルインは頬《ほお》を掻《か》きながら、なんと言っていいかまるで見当もつかず。

頭が真っ白になった状態のままで、ひとまず告げた。

「き、奇遇《きぐう》だな」

わずかな沈黙が下りる。

そして、

「きゃあああああああああああああああああああああああああっ！」

セレネの絶叫《ぜっきょう》が露天風呂中に響き渡った。

「ど、ど、どうしてルインがここにいるのよ!?」

慌てたように自らの体を庇《かば》い、セレネは湯に浸かる。

その後ろで顔を赤くしながら、言葉もなく、リリスも同じ行動をとった。

「ど、どうしてって、オ、オレは別に普通《ふつう》に男湯に入っていただけで」

それはルインの方が訊きたい事だった。

「ま、待て。お主ら、おちけついて事に当たれ！」

頬を朱に染めながら、サシャが胸を隠しつつ声を上げる。

「それを言うなら落ち着いて、でしょ。あなたも相当に冷静さを失ってるわね」

唯一《ゆいいつ》、動じていないのはアンゼリカだった。

「この男が悪質な変質者でなければ、露天風呂だけ男湯と女湯が繋《つな》がっていて、混浴になっていたってことよ。大した問題でもないわ」

「そ、そういうことか。理解した。しかしアンゼリカ、お主、随分《ずいぶん》と冷静じゃな」

感心したようにサシャが言うと、アンゼリカは束ねた髪《かみ》を払って笑みを浮かべる。

「別にルインに裸《はだか》を見られたところで、どうということもないわよ。あなた達こそ、セレネはともかく、魔族の王を名乗っている癖に生娘《きむすめ》みたいな反応しないでよね」

堂々たるアンゼリカの態度に、ルインはあることを思い出した。

いわゆる貴族階級に当たる者達は、庶民《しょみん》を同じ人間と見ていない。

よって、仮に裸を見られたところで羞恥心《しゅうちしん》など覚えないのだという。

彼らからすれば、犬や猫に対しているようなものなのだ。

サシャ達と違い、気位の高いアンゼリカは、それと同じような感覚を持っているのかも知れなかった。

「さすがアンゼリカ。私達と違うね」

湯から顔だけを出してリリスが褒めると、アンゼリカはまんざらでもないような顔をした。

「これくらいは当然のことよ。ルイン、見たいなら存分に見ればいいわ。滅多《めった》にない機会よ。あなたにとっては眼福でしょう？」

「い、いや、別にそんなこと……」

ない、と言い切ってしまうのもアンゼリカに失礼な気がしてルインは言いよどむ。

「ほら。じっくりと観察しなさい。あたしの美しい裸体《らたい》を」

「……そ、そう言われても」

わずかに目を逸《そ》らしながらルインが答えると、アンゼリカは急に黙《だま》り込《こ》んだ。

「…………」

「…………」

「…………」

「……アンゼリカ」

直視しないようにしながら、彼女の方を見ていたルインは、あることを悟《さと》って言った。

「無理しなくていいぞ」

「は、はあ!?　別にしてないけど!?」

「いや……さっきから小刻みに震《ふる》えてるし。首が少し赤いし」

「震えてないわよ赤くないわよ見間違《みまちが》いよ誤解よあなたの思い込みよ⁉」

間髪容《かんはつい》れずに畳《たた》みかけて来るアンゼリカだったが、周囲の眼差《まなざ》しに気付いてサシャ達を振《ふ》り向いた。

「なんじゃ。お主も同じではないか」

「矜持《きょうじ》が高いと色々大変だね」

「意地を張らないで素直《すなお》に恥ずかしがった方がいいわよ……？」

にやにやとするサシャに、どこか憐憫《れんびん》の情を抱《いだ》いているリリス、気を遣《つか》うセレネ。

三者三様の反応に、やがてアンゼリカは目に見えてぷるぷると体を揺《ゆ》らし始めた。

そうして、

「——ルインッ！　今見たものは、忘れなさいっ！」

ついに居た堪《たま》れなくなったのか、勢いよく飛びかかって来た。

ルインを押《お》さえつけ、息も切れ切れに真っ赤な顔で、涙目《なみだめ》になりつつ言ってくる。

「いい⁉　一秒たりとも覚えるんじゃないわよ⁉　根こそぎ記憶《きおく》から消しなさい！　これは命令よ⁉」

「りょ、了解《りょうかい》。分かった。分かったから落ち着いてくれ」

「あたしはおちけついてるわよ‼」

思い切り混乱している様子を見せながら、アンゼリカはその後「あ――ッ！」と意味を持たない声を上げたまま、顔を両手で覆《おお》って、露天風呂から出ていった。

「……あやつが一番恥ずかしがっていたのではないか」

「ええ、まあ、そのようね……」

サシャとセレネの感想に、ルインは風呂から上がった後が恐《おそ》ろしいと、一人不安に駆られるのだった。

「ねえ。本当に忘れたんでしょうね。覚えてないでしょうね!?」

次の日。宿から出て街を歩いていたルインは、アンゼリカの問いにややうんざりしながらも答えた。

「忘れたって。もうなに一つ覚えてないよ。というか昨日から何度目なんだ」

風呂から出た後も訊かれたし、夕食をとった後も念を押すように訊かれ、更《さら》に寝《ね》る前にもしつこく確認された。自分も迂《う》闊《かつ》ではあったが、いい加減にそろそろ勘弁《かんべん》して欲《ほ》しいというのがルインの本音ではある。

「……分かったわよ。でも、どこかで不意に思い出したら承知しないわよ!?　夢で見るのも禁止！　わたし、夢に無理《む》矢《り》理《や》に侵入《しんにゅう》して、あなたを水責めにしてやるからね!?」

「無茶苦茶《むちゃくちゃ》言うとるな、お主……」

サシャが呆《あき》れたように言うのに、まったくだとルインは胸中で同意する。

「でも、『オルレアン』だっけ。あの建物でも、特にこれといった情報はなかったね」

と、そこでリリスが場の流れを変えるように告げると、セレネもまた頷《うなず》いた。

「そうね。特におかしなところはなかったわ。本当にこの街は、人間と魔族が平等に暮らしているっていうだけなのかしら」

「……いや、それはどうかな」

ルインがぽつりと呟《つぶや》くと、サシャが「どういうことじゃ」と顔を向けて来る。

「ああ。昨日、オレが風呂に入っていた時、妙《みょう》な出来事に遭遇《そうぐう》してさ」

ルインは、尊大な男と彼に絡まれた青年の話を語った。

「……という感じで、なんだか普通じゃないというか。魔族の方がまるで男……ダーレスの奴隷《どれい》みたいな扱《あつか》いでさ」

「ふん。それは確かに奇妙《きみょう》ね。いくら関係が平等だっていっても、魔族が人間相手にそこまでへりくだるかしら」

ようやくいつもの調子を取り戻《もど》したアンゼリカが首を傾《かし》げる。

「上級と下級、ね。確かに気になるかも。この街独自の何かがあるのかな……美味しいねこれ」

言いながらリリスはいつの間にか手にもっていた肉の串焼《くしや》きを齧った。

「お主どこで買ったんじゃ、そんなもの」

ぎょっとしたサシャが尋《たず》ねるとリリスはなんでもないといった顔で、

「さっき通りかかった屋台で。前にルインから貰《もら》ったお金で買い物した時、お釣《つ》りを貯めていたから」

「お母さんのお使いに行った子どもじゃないんだから……」

微笑《ほほえ》ましいといっていいのかどうか、と悩んでいるような表情を浮《う》かべるセレネ。

「ちょっと寄越《よこ》せ。わらわも腹が減っておる」

「いやだ。自分で買えばいい」

「ケチくさいこと言うな。わらわとお主は仲間じゃろうが」

「それとこれとは別問題」

「あなた達ねえ。ちょっとくらいは真剣《しんけん》になる時ないわけ……？」

アンゼリカが、サシャとリリスのやりとりに大袈裟《おおげさ》なほどのため息をついた、次の瞬間《しゅんかん》だった。

「あんた！　よくもこの私にぶつかってくれたわね⁉」

前方から急に金切り声が聞こえた為、ルイン達は顔を見合わせる。

無言で互《たが》いの気持ちを確認《かくにん》し合うと、そのまま揃《そろ》って人混みを抜け、先へと進んだ。

「ああ、申し訳ありません！　病を患《わずら》っておりまして、眩暈《めまい》がしたもので……」

人々が輪になって囲む中心で、魔族の女性が悲痛な声を上げ、硬《かた》い地面に平伏《へいふく》していた。

「言い訳してるんじゃないわよ！　ああ、汚《けが》らわしい……ッ！」

対するのは額から角の生えた、同じく魔族の女性だ。相手を憎《にく》らしげに見下ろしながら、身に着けた豪奢《ごうしゃ》な服の埃《ほこり》を取り除くようにして、何度も手で払っている。

彼女の傍《かたわ》らには、他に数人の男女が立っていた。いずれも高貴そうな身なりをしている。犬のような顔をした者や、蝙蝠《こうもり》に似た翼《つばさ》を生やした魔族に交じって、人間も居た。全員が判を押したようにして、胸にダーレスがつけていたものと同じ印章をつけている。

「下級の分際で、我らのような上級の民に触《ふ》れるとは言語道断」

「そうよ。身《み》の程《ほど》ってものが分かってないのよ」

「これは仕置きが必要なようだな」

「ええ、やってしまいましょう！」

魔族の男達が言った直後、彼らの身から焔《ほのお》や雷《かみなり》が迸《ほとばし》った。腕から刃《やいば》を出現させる者もいれば、尻尾《しっぽ》に鋭《するど》い棘《とげ》が生える者もいる。

【権能《けんのう》】の発動に野次馬《やじうま》達は悲鳴を上げ、そのほとんどが巻き添《ぞ》えを食わぬよう、我先にと逃げ始める。自衛の手段があるのかそれでも何人か魔族達が残っていたが、彼らもまた女性の助力をするつもりはないらしく、ただにやつきながら距離《きょり》をとっただけだ。

「ひっ……！　お、お許しください！　なにとぞ！　なにとぞ！」

地面に額をぶつけながら、女性は何度も許しを求めた。しかし魔族達は厭《いや》らしい笑みを浮かべるばかりで、一向にそれを受け入れようとはしない。

「ルイン。わかっておるな」

サシャが呼びかけて来るのに、ルインは頷いた。多く語らずとも、彼女の内心を推《お》し量《はか》ることは出来る。

ルインは女性を助けるべく、サシャと共に動き出そうとした。

「――そこまでです。やめなさい！」

瞬間、場に凛《りん》とした声が響《ひび》き渡《わた》る。

ルインが見ると、近くにある建物の屋根から誰《だれ》かが飛び立つところだった。その人物は高々と跳躍《ちょうやく》すると、そのまま輪の中心へと華麗《かれい》に降り立つ。

「ただ体がぶつかっただけでそこまでする必要はありません。あまりにも横暴が過ぎる行いです」

魔族達を涼《すず》やかな目で射貫《いぬ》いたのは、一人の少女だった。

午後の陽光を、短く切った鮮《あざ》やかな銀色の髪が跳《は》ね返す。細い眉《まゆ》に切れ長の目、固く結ばれた唇《くちびる》は、彼女の持つ強い意志をうかがわせた。

細身の体に鋼の胸当てと膝当《ひざあ》てのみをつけ、腰《こし》には細身の長剣《ちょうけん》——レイピアと呼ばれる武器を提《さ》げている。

「誰よあんた！　関係ない奴は引っ込んでなさいよ！」

「いいえ。そういうわけにも参りません。義を見てせざるは勇無きなり。か弱き者を一方的に、それも集団で痛めつけるなどという真似は到底見過ごせません」

少女はレイピアを抜くと、厳しい眼差しと共に、刃の切っ先を男達へと突《つ》きつける。

「勇者と呼ばれる者として、このエリカ＝ブレイズ——信念を以《もっ》て当たらせて頂きます」

思ってもみない単語が出て来たことに、ルインは眉を顰《ひそ》めた。

（勇者？　なぜ勇者がこんなところに、それも一人で……？）

数々の功績を上げた冒険者《ぼうけんしゃ》は、所属する国から優《すぐ》れた者の証として『勇者』の称号《しょうごう》が与《あた》えられる。それは様々な恩恵《おんけい》を授《さず》かる代わりに、特に難しいとされるギルドの依頼《いらい》や魔王《まおう》の討伐《とうばつ》が義務付けられていた。

だが大抵《たいてい》の冒険者がそうであるように、勇者もまた通常はパーティを組んでいる。単独で行動するというのは少なくともルインの経験上、考えられないことではあった。

（それに相手もそうだとは言え、勇者が魔族を助けるとは……）

通常であればありえない展開である。ルインが思わず成り行きを見守っていると、

「生意気な娘《むすめ》ね。……いいわ。そんなに死にたいのなら好きにさせてあげる」

魔族の女がエリカと名乗った少女を指差すと、中空に炎《ほのお》の渦《うず》が生まれた。

他の者達も同様、発動した権能で躊躇《ためら》うことなく彼女に狙《ねら》いを定める。

「正義の味方ぶって我らの前に出たこと、後悔《こうかい》するがいい――――ッ！」

別の男が叫《さけ》んだ瞬間、権能によって生まれた様々な現象が、エリカへ一斉《いっせい》に襲《おそ》い掛《か》かった。

「下衆が……！」

サシャがその身から漆黒《しっこく》の炎を立ち昇らせる。だが、

「待てサシャ。その必要はなさそうだ」

ルインが止めた直後――――エリカの身が、黄金色《こがねいろ》の輝《かがや》きに包まれた。

「【光迅瞬来《こうじんしゅんらい》】ッ！」

高々と声を上げた刹那《せつな》、その姿が掻き消える。

先程《さきほど》まで彼女が居た場所を、魔族達の権能がただ虚《むな》しく抉《えぐ》った。

「えっ――」

魔族の女が呆気《あっけ》にとられたような顔をした、その背後。

「魔族ですから少々痛い目に遭っても問題ないでしょう。覚悟《かくご》して下さいね」

突如《とつじょ》として出現したエリカが、握《し》り締めたレイピアを突き出した。

その切っ先が、無数に分裂《ぶんれつ》する。

いや、正確にはそうではない。あまりにも高速で攻撃《こうげき》が繰り出された為、残像によってそう見えるのだ。

「ぎゃあっ！」

耳障《みみざわ》りな声を上げ、魔族の女が血飛沫《ちしぶき》を上げて吹き飛んだ。そのまま無様に地面を転がる。

「き、貴様……ッ！」

他の者達は顔色を変えて反撃《はんげき》をしようとしたが、

「【剣光一閃《けんこういっせん》】――！」

エリカが再び突き出したレイピアから走った光の波動に巻き込まれ、倒《たお》れていった。

かろうじて攻撃を逃《のが》れた者達も、彼女の目にも止まらぬ速度で放たれる剣閃《けんせん》の嵐《あらし》によって、瞬《また》く間《ま》にやられていく。

気が付いた時、場には敵がほとんど立っていなかった。

「あなた達が愚《おろ》かでないことを祈《いの》りますが。……まだやりますか？」

エリカは、戦いに参加せずにいた人間の男女に視線を投げかける。

「わ、分かっているのか。俺《おれ》たちは上級だぞ。こんな真似をしてただ済むと――」

「聞こえなかったようですね。私は、まだやるのか、と尋ねたのです」

恐らくは、あえてだろう。明確に殺意を込めた口調で、エリカは静かに続けた。

「あなた方が誰であろうと関係ありません。答えは、二つに一つです」

「……や、やめましょう。この女、おかしいわ！」

女が男の服を引くと、彼もまた、怯《おび》えたように何度も頷く。

「あ、ああ。この街の住人とは思えん……関わっちゃダメだ。行くぞ！」

震え声を最後に、彼《かれ》らは共に居た者達を置いて逃げて行った。

エリカはその背を見送りながら、レイピアを鞘《さや》へと納める。

「ご婦人、ご無事でしょうか」

振り返り、彼女は魔族達に絡まれていた女性に近付くと、跪《ひざまず》いた。

「あ、ありがとうございます。ありがとうございます」

涙《なみだ》を流しながらエリカの手をとる女性に、彼女は微笑みながら言う。

「いえ。当然のことをしたまでです。それより、ここに居ては私の仲間だと思われてしまう。早く逃げた方が良いでしょう」

「……わ、分かりました。助けて頂いて申し訳ありません」

「いえ。でも、あなたが困っているのならば、南の外れにある廃墟《はいきょ》を訪《おとず》れて下さい。力になりますから」

「え……それはどういう……？」

「説明している暇《ひま》はありません。さ、早く」

エリカに急《せ》かされ、魔族の女性は少し戸惑《とまど》いながらも「分かりました」と立ち上がり、ふらつきながらもその場を去っていった。

「ねえ、ルイン。あの子が使っていたスキルって……」

傍らに居たセレネが話しかけて来る。何を言いたいかは分かっていた。

「ああ。【剣聖《けんせい》】のハイレア・ジョブによるものだろうな」

光を纏《まと》うことでの高速戦闘《せんとう》。波動による遠距離《えんきょり》攻撃《こうげき》。

強力なスキルを使いこなす、剣を扱うジョブの中では最高峰《さいこうほう》に位置するものだ。

そう、間違《まち》いない。間違えるはずもない。

「クレスと――同じジョブだ」

かつて自分を追放したパーティのリーダーを務めていた男。

幼馴染《おさななじみ》であり、彼もまた勇者の称号を持つ者だった。

魔族の権能は似通ったところがありつつも個々によって違うが、人間の持つジョブはある程度、類型化されている。

故《ゆえ》に同じジョブ、同じスキルを扱う者が居てもおかしくはなかった。

「それにしても見事な腕前《うでまえ》じゃな。ただ者ではなさそうじゃ」

サシャの感想にルインは、確かに、と頷く。

ジョブが同じでも、個人に備わった能力によって効果の強弱は変わってくる。

それを以て言えばエリカは、クレスよりも優れた技術を持っていると言えるだろう。

剣聖は速度が特徴《とくちょう》のジョブだが、故にこそ、その長所に振り回されてしまう者は多い。

ただ闇雲《やみくも》に早く動くせいで、逆に隙《すき》が生まれることもあるのだ。

だが彼女は場の状況《じょうきょう》を見極《みきわ》め、変幻自在《へんげんじざい》に軌道《きどう》を変えて的確に相手の死角に回り込んでいた。移動する際に足の動きを意識的に変えることで、方向自体も見抜《みぬ》けなくしている。

以前にルインはクレスと一対一で戦い、敗ったことはあるが、同じ手は彼女に通じないだろう。

「しかしさっきの奴等も言ってたね。上級とか下級とか。彼女ならなにか知ってるかな」

「ああ、そうだな。少し訊《き》いてみよう」

リリスが言うのに、ルインはエリカへと近付こうとした。が——。

「随分と派手にやってくれたものだな。手間をかけさせてくれる」

思わず、足を止めてしまう。

不意に、この場で聞こえるはずのない声がしたからだ。

（いや……まさか。そんなことが）

ありえるはずがない。そんな思いを抱きながら、間違いであってくれと祈りを込め、ルインは声のした方を向いた。

が、ルインの祈りも虚しく、そこには——予想通りの人物が、立っていた。

人間の青年である。金色の髪に、歌劇役者かと思う程の端整《たんせい》な顔立ちをしていた。

その身に纏っている全身鎧《よろい》の意匠《いしょう》は、ルインの記憶とは違う。また、以前は腰に下げていた長剣は一本だけだったが、今は二本になっていた。

それでも、その顔を見間違えるはずもない。

「……クレス……？」

信じられない気持ちのままで、ルインは名を呼んだ。

そう。目の前には、確かにクレスが居た。

「……ルイン？　セレネまで。なぜお前達がここにいるんだ」

クレスにとっても予想外だったのだろう。意外そうにそう言われたが、

「それはこっちの台詞《せりふ》だ！　どうして君がここにいる!?」

「そ、そうよ。あなた、確かウルグの街で捕縛《ほばく》されて、そのままティアーズまで護送されたはずじゃ……？」

動揺《どうよう》するセレネの問いに、クレスは口元を歪めた。

「ああ。そうだな。確かに俺は連れてきたそこの魔族《まぞく》の不意打ちを喰《く》らって倒れて、気付けば犯罪者になってたよ」

彼が憎々《にくにく》しげに睨《にら》み付けるのは、リリスだ。

そう。クレスはルインを倒す為に、勇者にのみ託《たく》される女神《めがみ》の至宝を使って封印《ふういん》されていた彼女を解放し、意のままに操《あやつ》ろうとした。

だが策は失敗し、逆にリリスから攻撃を受けて気を失ってしまったのだ。

その後、ルインはウルグの街を出た為に知らなかったが、セレネの手紙から、クレスが事の騒動《そうどう》の責任を取らされリステリアの王都に投獄《とうごく》されるということを教えてもらった。

「でもな。隙を見て脱出《だっしゅつ》し、各地を放浪《ほうろう》した結果、ここに辿《たど》り着いたんだ。そうして……この街を統治するロディーヌに直属の騎士《きし》として雇《やと》われた」

「ロディーヌ直属の騎士？　なぜそんなことが……」

　事態がまるで飲み込めないルインに対して、クレスはどこか誇らしげに答える。

「ロディーヌは強い奴《やつ》を特に好んでいてな。実力ある者は誰であろうと評価する。人間だろうと魔族だろうと……犯罪者だろうとな。分かるか？　俺は認められたんだよ。おかげで罪人から一転、街を牛耳《ぎゅうじ》る高潔なる騎士の仲間入りだ」

「……仮にも勇者が、魔王に仕える騎士気取りか。あれだけ魔族を敵視していた癖に、お主も堕《お》ちるところまで堕ちたな」

　侮蔑《ぶべつ》するような口調のサシャに、クレスは鼻を鳴らした。

「どうでもいいんだよ、そんなことは。俺を犯罪者扱いした人間どもなんて知ったことか。寧《むし》ろ魔王だろうが魔族だろうが利用できるものは利用して、連中に復讐《ふくしゅう》してやるよ」

「クレス、君って奴は……」

　ここまでとは思わなかった。彼と打倒《だとう》魔王を誓《ちか》った日々まで穢《けが》された気がして、ルインは怒《いか》りに拳《こぶし》を握りしめた。

「あれがあなたの幼馴染ってわけ。聞いていた以上にムカつく男ね」

　アンゼリカの言葉も、クレスは意《い》に介《かい》さない。

「ま、いい。今日はお前達を相手にしに来たんじゃないんだ」

素っ気なく言って、彼はエリカをちらりと見た。

「そこの女は以前からちょくちょく今回みたいな騒動を起こしていてな。さすがに目に余るというわけで、俺自ら出動したというわけだ」

軽薄《けいはく》な笑みを浮かべながら、クレスは長剣を抜き払《はら》う。以前にもっていたものではない。剣身には解読不能な文字のようなものが刻まれており、ぼやりとした紫色《むらさきいろ》の光を発していた。

（……なんだ、あの武器は）

ルインも冒険者として様々な得物を目にしてきたが、あんなものはついぞ見たことがない。どうも、通常の剣とは雰囲気《ふんいき》が違うようだ。

「お前、勇者の称号を持っているんだってな」

クレスは剣を持ったまま、エリカに歩み寄っていく。

「どうだ。もし自分の行為《こうい》を反省して城まで出頭するというのなら、同じ選ばれた者として特別にここは許してやるが？」

「ふざけないで下さい。非常に不愉快《ふゆかい》です」

間髪容れずにそう返して、エリカもまた再びレイピアを抜いた。

「虐《しいた》げられている者を見捨て、悪《あ》しき者達を擁護《ようご》するあなたのような人を、私は勇者として認めません。私を城に連れて行きたいのなら、実力でやってみせてはどうですか」

「……ふん。可愛《かわい》くない女だ。そんなに言うなら、やってやるよ」

クレスは、エリカの返答にその表情を冷酷《れいこく》なものへと変えて。

即座《そくざ》にその身から、黄金色の輝きを放った。

「これは……私と同じ【剣聖】のスキル……。最近ロディーヌの下につき、瞬く間に筆頭騎士《きし》へと上り詰《つ》めた人間とは、あなたのことですか」

「ああ、そうだ。今更虚勢《いまさらきょせい》を張ったことを後悔しても遅《おそ》いぞ」

「誰が……！　相手にとって不足無し。信念を以て当たらせて頂きます！」

エリカは一歩前に踏《ふ》み出すと、クレスと同じ光を身に纏った。

「【光迅瞬来】！」

地面を吹き飛ばす勢いで飛び出した体が、瞬《まばた》きする間もなくクレスに肉薄《にくはく》する。

「……【光迅瞬来】」

だが対するクレスもまた同じスキルの持ち主だ。同じ速度で右手へ逃れ、そのままエリカの背後へと移動する。

すかさず振り返ったエリカがレイピアを突き出し、無数の突きを放った。

クレスもまた剣を扱い、刃によって攻撃を次々と防いでいく。

蒼穹《そうきゅう》の下、激しい金属音が間断なく響き渡った。

距離をとったエリカが光の波動を放ち、クレスがそれを回避《かいひ》して彼女へと接近。

真一文字に薙《な》いだ彼の剣がエリカの腹を切り裂《さ》いた。

が、そう見えたのは幻《まぼろし》。既《すで》に彼女は別の場所に移動しており、クレスが攻撃した直後に死角より刺突《しとつ》を連発した。

クレスは舌打ちし、地面を蹴《け》って中空へと逃れると着地、その刹那で前へと突進する。

エリカに接近した彼が下段から抉るようにして刃を振りあげた時、ひと際大きな衝撃音《しょうげきおん》が聞こえた。

エリカのレイピアが、その切っ先を以てクレスの剣を弾き、そのまま吹き飛ばしたのだ。

宙に舞《ま》った長剣を、クレスは急いで跳躍し、手にとった。

だがその隙を見逃《みのが》すエリカではない。地面を蹴って彼に向かうと、レイピアによる連撃を開始した。クレスはかろうじて防ぎ切ったが反撃に転じるほどの余裕《よゆう》はなく、そのまま後方へと下がる。

互いに距離をとった二人は、牽制《けんせい》し合うようにしてじりじりと動き始めた。

「……驚《おどろ》いたな。常人が出来る芸当じゃないぞ」

ルインが感嘆《かんたん》と共に呟くと、アンゼリカが困惑《こんわく》した様子を見せる。

「え、なに。あなた、あの戦いが見えるの？　あたし、速過ぎてなにがなんだか分からないんだけど」

リリスもまた小首を傾げながら、わずか眉間《みけん》に皺《しわ》を寄せた。

「わたしも、なんとなく追うので精一杯《せいいっぱい》。ルインやっぱり人間じゃない」

「……否定したいところだけど、できないわね」

感心半分、呆れ半分といったようにセレネが零《こぼ》す。

「わらわもかろうじて、といった程度の認識《にんしき》じゃが……先程の、クレスの剣を弾いたことを言っておるのか？　ルイン」

唯一《ゆいいつ》見抜《みぬ》いていたらしきサシャが問うてくるのに、ルインは「ああ」と答えた。

「レイピアっていうのは見た目の通り、斬《き》ったり叩《たた》いたりというよりは突くことに特化した武器だから、普通の剣に比べると衝撃《しょうげき》を与える力は弱い。でも彼女は【剣聖】のスキルを活《い》かして、ほとんど一瞬《いっしゅん》で相手の刃へ超高速《ちょうこうそく》の連撃を与えることで圧力を増し、強制的に武器を奪《うば》ったんだ。でも凄《すご》いのは、効果を強める為か、力を分散させないよう、ほとんど同じ位置に当てていたことだ」

あの速度同士の戦いにおいてそれを見定め更に実行するというのは、並大抵《なみたいてい》の技術では出来なかった。

「彼女が勇者だっていうのは本当かもしれないな……」

少なくとも、そう呼ばれるに値する実力をもっているのは確かだ。

「女の癖に、思っていたよりやるじゃないか。褒《ほ》めてやるよ」

クレスが言葉とは裏腹に、面白《おもしろ》くなさそうに告げると、

「差別主義者に称賛《しょうさん》されたところで嬉《うれ》しくとも何ともありませんね。あなたもそれなりの力は持っているようですが、どうやら私よりは劣《おと》るようです。先程の戦いで分かりました」

堂々と、躊躇いなく、更には特に驕《おご》ることもなく。

ただただ率直《そっちょく》に、エリカはそう答えた。

そんな彼女の態度に、サシャが噴《ふ》き出す。

「真面目そうに見えたが、面白い娘じゃな。嫌《きら》いではない」

一方、真っ向からエリカに『自分より下だ』と明言されたクレスは、明らかに不愉快そうな表情を浮かべる。

「気に入らないな。前言撤回《てっかい》だ。お前はここで徹底的《てっていてき》に潰《つぶ》す。もう許しを請《こ》うても無駄《むだ》だ」

「安心して下さい。自分より弱い相手にそのようなことをする必要はありませんので」

「……そうかよ」

クレスは呟くと、自らの得物を地面に突き刺《さ》した。代わりに、もう一本の剣を引き抜い

て構える。以前に使っていたものと違うのは、護送されるときに取り上げられたからだろう。

（だがあれは見たところ、良質ではあるが特になんの変哲《へんてつ》もない武器だ。店で売っているのを見たことがある。なぜわざわざ、剣を持ち替《か》えた……？）

ルインが疑念を抱いている内にも、クレスとエリカは再び、互いに戦意を迸らせる。

「お前がそう来るのなら、もう容赦《ようしゃ》はしない。覚悟しろ」

「それはこちらの台詞です――ッ！」

二人が飛び出したのは、ほぼ同時。

彼らはぶつかり合う寸前、揃って剣を振り払おうとした。

瞬間。ルインはわずかな変化を目撃《もくげき》する。

クレスが地面に突き刺した剣の刃が、わずかに光を強めた気がしたのだ。

（なんだ……？）

怪《け》訝《げん》に思った瞬間、なにかを切り裂くような音が響いた。

苦痛を堪《こら》えるような声と共に、囁《ささや》くような言葉が聞こえてくる。

「え……どう、して……」

急いでルインが目をやると、そこには、血を流して膝をつくエリカの姿があった。

いている。


「馬鹿な⁉　何が起こった⁉」

　目の前で起こったことが把握《はあく》できていないのは、サシャだけではなかった。アンゼリカもセレネも、普段《ふだん》は表情の乏《とぼ》しいリリスでさえも、信じられないといったように目を見開いている。

　エリカは背中を幾度《いくど》となく斬られており、その際に流れたであろう大量の血が、衣服を赤く濡《ぬ》らしていた。

（背後からの奇襲《きしゅう》？　いや、なにもなかったはずだ）

　ルインからしても事態が飲み込めない。

　その間にも、クレスはくつくつと笑いながら、想定外の攻撃によって動くことが出来なくなっているエリカを見下ろした。

「おい、さっきの余裕はどうした。オレはお前より弱いんだろ？」

「……なにを……したんですか……あなた」

　顔を顰め、途切《とぎ》れ途切れに声を漏《も》らしながら見上げるエリカを心の底から面白がるように、クレスは言った。

「ロディーヌ直属の騎士を嘗《な》めるからそうなるんだよ。——いいザマだ」

　クレスはエリカに近付くと、躊躇いなく足を振りあげ、彼女の横腹を蹴る。

悲鳴を上げて転がるエリカへ更に近付いて、自らの足を乗せた。

「どうした、反撃してみろよ。立ち上がってまた威勢《いせい》よく言ってみろよ。なあ、おい！」

クレスに挑発《ちょうはつ》されるも、エリカは応えるどころか何かを口にすることも出来ないようだ。

ただ喘《あえ》ぐように息をつき、身を縮めるだけだった。

「ぐっ……いったいなにが……」

そこで、エリカにやられて気を失っていた魔族達が目を覚まして立ち上がる。

「ああ、お前達。丁度いい。協力しろ。この女を嬲《なぶ》り殺しにするぞ」

クレスから声をかけられ、最初は怪訝な様子であった魔族達も、やがては状況を把握したのか驚きの声を上げげた。

「これは……騎士様。助けに来て下さったとはありがたい。承知いたしました」

揃って駆《か》け寄ると、彼らはクレスの背後から、同じようにしてエリカを見下ろす。

「生意気な娘だ。街の法に従わぬからこんな目に遭《あ》う」

「そうよ。骨まで残さず焼いてあげるから」

魔族達が権能を発動し、クレスが剣を振り上げた。

「くっ……」

エリカはどうにかして体を起こそうとするが、それすら今の彼女《かのじょ》には敵《かな》わない。

「死ね、バカ女が――――ッ！」

剣を振り下ろしたクレスに続き、彼の後ろに居る魔族達もまた炎や雷を放った。

「やめろ、クレス――――ッ！」

ルインは咄嗟《とっさ》に駆け出すと、スキルを発動する。

「【魔装覚醒《まそうかくせい》】！」

轟、という激しい音と共に燃え上がった闇《やみ》深き炎に手を入れ、武器を抜《ぬ》き出した。

黒水晶の如き煌《きら》めきをもつ刃の長剣――――【破断《はだん》の刃】と呼ばれるそれを手に、エリカの前に滑《すべ》り込むとクレスの得物を受け止める。

同時に、クレスの後ろに高々と黒い炎が立ち昇《のぼ》った。

それは魔族達の権能を飲み込み、瞬く間に消し去ってしまう。

サシャが権能によって生み出した破壊《はかい》の炎による壁《かべ》だ。

「一番楽しいところなんだ。邪魔《じゃま》するなよ、ルイン……！」

苛立《いらだ》つように睨み付けてくるクレスに、ルインは真っ向から言い返した。

「もう勝負はついた！　これ以上彼女を痛めつける必要はない！」

「黙《だま》れえええええええええええええ！」

クレスは憎しみに満ちた声を上げると、無造作にルインへと剣を叩きつけて来る。

「お前の！　そういうところが！　俺は！　嫌いなんだ！　死ねえええええええっ！」

立て続けに放たれる攻撃を全て防ぎながら、ルインは叫び返した。

「黙るのは――君だッ！」

渾身《こんしん》の力でクレスを押し飛ばすと、距離が開いたところで再び【魔装《まそう》の破炎《はえん》】を呼び出し、剣を消して違う武器を取り出す。

長剣と同じ材質で出来た弓が現れ、ルインが弦《げん》を引き絞《しぼ》ると、火が走り矢が生まれた。

すかさず打ち放つと同時に再び次の矢を用意し、また放つ。

そうして四発を間髪容れず打ち続けた。

一発目の矢に二発目が、二発目の矢に三発目が、三発目の矢に四発目が――。

ずれることなく繋《つな》がり合い、そのままクレスの鎧に突き立とうとする。

が、彼は咄嗟に剣を振《ふ》って矢を弾《はじ》き、そのまま地面を削《けず》るようにして着地した。

軌道をずらされた矢が地面に刺さり、それぞれ爆炎を噴き上げる。

「相変わらず面倒《めんどう》な技を使う奴だ……」

過去を思い出したのか、心底から気に入らないというような顔で、クレスが吐《は》き捨てた。

「この娘に手を出すのであれば、ルインとわらわが相手をする。それでもいいならかかってこい」

サシャがルインの隣《となり》に並び立ち、脅《おど》しつけるように言う。彼女の身から迸る大量の焔が、意志を持つようにして不規則な動きを見せた。

魔族達がざわめいていると、

「サシャだけじゃないわ。わたしだって相手になる」

セレネが言って、勢いよく杖《つえ》を地面に突き立てた。その身を中心にして舞い起こる風が、周囲を手当《てあ》たり次第《しだい》に切り裂くほどの鋭さをもったまま、勢いを増していく。

「そだね。さっきからどうもやり方が好きじゃないから」

リリスが目を黄金色へと変え、両腕《りょううで》を変化させた。膨《ふく》れ上がり、鋼の様な筋肉を持つと、赤銅色《しゃくどういろ》に染まりびっしりと鱗《うろこ》を生えさせる。脚《あし》は棘のような毛を生やした獣《けもの》のそれとなり、背からは鳥を思わせるような翼をはためかせた。

「……人間を守るつもりはないけど。見ていて不愉快になるのはどちらかといえば、あなた達の方ね」

アンゼリカが告げると共に彼女の周囲に水流が現れ、主《あるじ》の体を守ろうとするように取り巻き始める。

ルインを中心にした全員が敵意を露《あらわ》にすると、魔族達はびくりと体を竦《すく》ませた。戦わずして尋常《じんじょう》ならざるものを肌身《はだみ》に感じたのだろう、焦《あせ》るようにクレスを見る。

「い、如何《いかが》いたしましょう、騎士様。粛清《しゅくせい》という意味ではこの程度でも充分《じゅうぶん》だと思いますが……」

そんな彼らに、クレスは感情の失《う》せた顔を向けた。

「……ふん。ここじゃ、これ以上派手に戦うことも出来ないか」

言って地面に突き刺さっていた自らの剣を回収すると、ルイン達に背を見せる。

「まあいい。ここは預けておく。ルイン——どうせお前とは、いずれ戦うことになりそうだしな」

そう言い残すと、魔族達を引きつれて、クレスは去っていった。

「……クレス……」

複雑な感情が入り混じる中、ルインはただ、幼馴染の名を呼んだ。

しかし、今はそのことに囚《とら》われている場合ではない。

「おい、大丈夫《だいじょうぶ》かお主」

振り返ると、サシャがエリカの傍《そば》に膝《ひざ》をつき、様子を確かめているところだった。

「へ、平気です、これ……くらい……」

無理やりに笑《え》みを見せるエリカではあるが、それが虚勢《きょせい》であることは明らかだ。

「リリス、前にアンゼリカの島で彼女の部下を癒《い》やしたことがあったよな。あれ頼《たの》むよ」

ルインが持ち掛けるとリリスは「了解《りょうかい》」と短く答え、自らの体の変化を解いた。

代わりに、その背からゆっくりと、蝶《ちょう》の如き羽を生やす。

羽ばたきと共に鱗粉《りんぷん》を飛ばすと、エリカの傷は瞬く間に癒えていった。

これもまた【キュアル・バタフライ】と呼ばれる魔物《まもの》が持つ力を利用したものだ。

「……すごい。痛みがなくなりました」

やがてエリカは、驚いたように目を瞬かせ、上体を起こした。

が、彼女はすぐにルイン達に対し、慌《あわ》てたように頭を下げる。

「あ、ありがとうございます。本当に助かりました」

「いや、いいんだ。もう少し早く動けば良かったんだろうけど、君の戦いを邪魔することになってしまうと思って。すまない」

ルインが謝《あやま》ると、エリカはとんでもないとばかりに首を激しく横に振った。

「い、いえ。ご配慮《はいりょ》に感謝致《いた》します。あの……皆《みな》さんは？」

「オレはルイン。彼女はサシャで、リリスに、アンゼリカ。それにセレネだ。この街の住人じゃなくて旅人だよ」

サシャ達が会釈《えしゃく》すると、エリカは立ち上がりながら、深く頷《うなず》く。

「そうでしたか。意識が朦朧《もうろう》としながらも見ていましたが、皆さん、なにか特別な力をお持ちのようですね。特にルインさん。あなたは人間のようですが、見たこともないスキルをお使いになりました」

「ああ……そうだね。事情を説明したいところなんだけど。その前に君に教えてもらいたいことがある。この街のことなんだ。上級とか下級とか、何か独特な決まりのようなものがある気がしていて。なにか、知っているんだろう？」

「あ……ええ、助けて頂いた御恩《ごおん》もあります。もちろん、ルインさん達がお望みであればお答えします。ただ……」

周囲を見回して、エリカが頬《ほお》を掻《か》いた。

「場所を移してもよろしいでしょうか。ここはあまり、長い話をするには向いていません」

エリカの案内で連れてこられたのは、街の外れにある空き地だった。

廃材《はいざい》を保管しておく場所のようで、ゴミのようなものが積み上げられている以外にはなにもなく、人もいない。

「ここなら問題ないでしょう。改めまして、自己紹介《しょうかい》を。私はエリカ。エリカ＝ブレイズと申します」

胸に手を当て丁寧《ていねい》に一礼したエリカに、ルイン達もまた倣《なら》う。

「あなた、自分のことを勇者だって言ってたわね。どうして勇者の称号を持つ人がこの街に、それも一人で居るのかしら」

セレネが恐《おそ》らく全員が気になっていたことを尋《たず》ねると、エリカはすっかり傷も完治したようで「はい」と元気よく答えた。

「確かに私は勇者です。ですが、元から一人であったわけではありません。初め、この国の王より依頼を受けて来たんです」

「王から依頼を？　それは……もしかして、この街、王都が魔王ロディーヌに乗っ取られたから、かしら？」

「ええ。その通りです。強引《ごういん》に城から追い出された王を始めとする方々は、ギルドに国に所属する勇者の総力を挙げて王都を奪還《だっかん》するようにと依頼を出したのです」

「総力をってことは、君以外にも勇者パーティが居たのか」

「……はい、そうです。私以外にもう一つ。後はA級冒険者を始めとする精鋭《せいえい》が大勢居ました」

ルインの質問に、エリカは気落ちしたように答えた。

「私は彼らを先導して魔王に乗っ取られた城へと踏み込《こ》み、ロディーヌと戦ったのです。ですが……あえなく全員が彼女によって返り討《う》ちに遭い、全滅《ぜんめつ》しました。他の方々は、いえ、私自身も情けなく敵に背を向け、城から逃《に》げ出したのです」

魔王討伐《とうばつ》を任されることから分かるように、本来、一つだけでも勇者パーティは相当の力を持っている。

それが二つでかかっても敵わないというのは、エリカ達が弱いのではなく、相手が強過ぎたのだろう。

「ロディーヌは自身だけでなく、己《おのれ》が見込《みこ》んだ者を【魔刃騎士《まじんきし》】として仕えさせています。彼らが想定外の力を持っていたということも、私達が敗れた原因の一つでしょう」

「魔刃騎士？　それってさっきのクレスが言ってた……」

「ええ。ロディーヌ直属の騎士です。彼女は様々な効果をもつ剣――【魔剣《まけん》】と呼ばれるものを生み出すという権能を持っているのですが、部下にそれを貸与《たいよ》して使わせているようなのです」

「ああ……そう、そういうことだったの」

そこでセレネが、ようやく合点《がてん》がいったというように発言した。

「ロディーヌはサシャから数えて六代目の魔王だったから、彼女について綴《つづ》った文献《ぶんけん》が幾つか残っていたの。でも、雷《かみなり》を自在に操り国を一晩で滅《ほろ》ぼしたとか、武器の一振《ひとふ》りで大地を割って深い溝《みぞ》を作ったとか、相手と同じ技を使いこなしたとか。他にも獣を操って人間の軍団を一飲みにしてしまったという話や、権能やスキルを消し去ってしまったという話もあって……とにかく攻撃方法がバラバラだったのよ。どういうことなんだろうって思っていたのだけれど」

「ふむ。全ては魔剣を使いこなしていたが故、ということか。なるほどの。しかし、セレネの話によると、わらわ程《ほど》ではないが、一筋縄ではいかぬ相手のようじゃな」

サシャがうんざりしたような顔で言うのに、ルインは続いた。

「……じゃあ、クレスが使っていたのはその魔剣だったってことなのか」

どうりで普通《ふつう》の武器とは違っているように見えたはずだ。

「権能だけでも厄介《やっかい》なのに、自分だけじゃなくて他人にもそれを扱《あつか》わせることが出来るんだね。ちょっと便利過ぎる力かも」

リリスの感想に、エリカは彼女へと視線を向け、唇《くちびる》を噛《か》み締めた。

「仰《おっしゃ》る通りです。配下を相手にする為にいくらか人数が割《さ》かれたとは言え……勇者パーティ二つと大勢の冒険者《ぼうけんしゃ》が挑《いど》んだにもかかわらず、ロディーヌにほとんど傷を負わすことが出来ず、一方的に打ち負かされたのですから」

「……ぞっとする話ね」

状況を想像したのか、セレネが青ざめた顔で喉《のど》を鳴らす。

「その後、城から脱出し、私自身が魔王から受けた傷はどうにか癒えたのですが。仲間の方が重傷であった為、未《いま》だ近くの街で療養《りょうよう》中です」

「お主以外の冒険者はどうしたのじゃ？」

「街から離脱《りだつ》しました。多くの人が私達同様に魔王からの攻撃を受け、中には起き上がることさえ出来なくなった方も居ましたから」

「ふうん。なら、あなたはどうしてまだこの街にいるわけ？　徒党を組んでも勝てなかったんだから、一人で魔王相手に戦えるわけないでしょ？」

アンゼリカの指摘《してき》に、エリカは忸怩《じくじ》たる思いを抱《いだ》くような表情で、顎《あご》を引く。

「確かにそうです。ただ私は……どうしても逃げるわけにはいかなくて。仲間の一人がまだ魔王城に居るんです」

「え、取り残されたってこと？」

「はい。私を逃がす為に自分の身を犠牲《ぎせい》にし、敵の目を引きつけてくれました。後からすぐ続くからと言われたのですが、いくら待っても帰ってくる様子はなく……彼女を見捨てて街から去るなど、到底《とうてい》できるわけがありません」

「……それは」

アンゼリカが何かを言おうとし、だが躊躇《ためら》うような素振《そぶ》りを見せて、結局は黙り込んだ。

彼女がなにを口にしようとしたのか、ルインだけでなく、この場に居る全員が分かっているはずだった。

魔王とその配下がいる場所に、一人取り残された人間が、未だに消息を絶っている。

つまり——最悪の事態が起こっているのではないか、と。

「ご配慮、ありがとうございます」

エリカは全てを理解しているというように、寂《さび》しそうな笑みを浮《う》かべた。

「私もその可能性が高いことは承知しています。ですがそれでも、彼女を失ったと思いたくなくて……惨《みじ》めにも縋《すが》りついているのです」

「惨めなわけない」

リリスが、即座に否定する。

「いなくなった仲間がいつか戻《もど》ってくると信じることが、惨めなはずがない。諦《あきら》めた方がずっと楽なはずだから」

「……リリスの言う通りじゃ。お主は何もかもかなぐり捨てて自分だけ生き延びることが出来た。それをせずいまだ仲間の為に街に居るということの、どこが惨めだというのか。むしろ尊いことじゃとわらわは思う」

サシャの言葉に、ルインも力強い口調で続いた。

「ああ。オレも信じるよ。エリカの仲間は生きている」

「きっと大丈夫よ。……いえ、絶対に」

セレネも強く呼びかけ、アンゼリカはわずかに顔を背《そむ》けて呟《つぶや》く。

「……ま、結果が分からないなら、希望的観測を持つやり方は嫌いじゃないわ」

皆の励《はげ》ましを受けて、エリカはわずかに目を見開いたが、やがては柔《やわ》らかな笑みを浮かべた。

「ありがとうございます。皆さんはとても優《やさ》しい方々ですね」

すると、アンゼリカが気まずそうに幾度か咳払《せきばら》いし、

「と、とにかく。それで、街に残って、あなたは何をしているわけ？　さっき、偉《えら》そうな魔族に虐《いじ》められていた奴を助けていたみたいだけど。あのクレスって男が言うには、何度か同じようなことをしたみたいじゃない」

「あ……はい。そうです。アンゼリカさんの仰る通り、一人で魔王城に乗り込むのは無謀《むぼう》過ぎます。ですがそれでも、何もしていないというのは耐《た》えられなくて……せめて街の法律によって被害《ひがい》に遭っている人達を救いたいと、『下級国民』の方々に手を貸しているんです。……これも、自己満足かもしれませんが」

自嘲《じちょう》気味に零すエリカに、セレネが眉《まゆ》を顰《しか》めた。

「かきゅうこくみん……って、もしかして、ルインが聞いたことが関係しているのかしら」

「ああ、そうみたいだ。エリカ、下級とか上級とか、一体どういうことなんだ？」

「え？　……あ、そうか。皆さんは、この街の法をまだご存知《ぞんじ》なかったのでしたね」

ルイン達が一様に頷くと、エリカは「失礼しました！」と頭を下げる。

「では、ご説明します。ロディーヌによって支配されたこの街では、大きく『上級国民』と呼ばれるヒトと『下級国民』と呼ばれるヒトに分かれているのです」

「それは、身分制度みたいなものかの？」

サシャの質問に、エリカは首肯《しゅこう》した。

「上級国民はあらゆることで優遇《ゆうぐう》され、税金もほとんどが免除《めんじょ》されます。加えて月々に特別報酬《ほうしゅう》まで与《あた》えられるので、非常に恵《めぐ》まれた立場と言えますね。比べて下級国民は税金も高く、基本として上級国民に対しての奉仕《ほうし》が義務付けられます。ただ、奉仕と言えば聞こえは良いですが、つまりは、奴隷《どれい》のようなものでして」

彼女は、昂《たか》ぶる感情を表すようにして、持ち上げた手を強く握《にぎ》りしめる。

「下級国民は上級国民に決して逆らうことは出来ず、なにをされても受け入れなければなりません。命令されればそのように動かなければなりませんし、最悪、死ねと言われれば死ぬ他ありません」

「な、なに、それ。無茶苦茶《むちゃくちゃ》じゃない！」

セレネの怒りを孕《はら》んだ叫《さけ》びに、自分も同じ想いだというように、エリカは頷いた。

「ですがこの法は、ここグランディスでは絶対です。もしも破るようなことがあれば即座に投獄され、場合によっては裁判もなく処刑《しょけい》されることもあります」

「独裁政治にも程があるな……上級国民と下級国民はどう選別されるんだ？」

ルインもまた憤《いきどお》りを覚えながら尋ねると、

「私も人から聞いた話ではありますが……。ロディーヌは完全な実力主義者で『強い者であれば全て受け入れる』という思想の持ち主です。この強さとは単純に力を意味することもありますが、商才があることや、頭の良さも含《ふく》みます」

「つまり他者より優《すぐ》れていること全般《ぜんぱん》ってことか？」

「はい。その為、この街に定住を望む方はまずロディーヌの元へ出向き、自らの強さを証明します。方法は何でも構いません。誰《だれ》かと戦ってもいいですし、培《つちか》った功績を示す証拠《しょうこ》を提示することも可能です。その上で、ロディーヌはその方が『上級』と呼ぶに値するかそうでないかを決めるのです」

「それで上級国民に選ばれた人間は特権を与えられる、というわけか……」

「その通りです。上級も下級も種族は関係ありません。ロディーヌはたとえ人間であっても実力があれば上級に認定《にんてい》しますし、逆に魔族であっても無能と断ずれば下級に落とします」

「ある意味では平等、ということじゃな。しかし……」

サシャが腑《ふ》に落ちない顔をする気持ちは、ルインにも理解できた。

確かに優秀《ゆうしゅう》な者を出生に関係なく優遇するという制度は、ある種の正しさをもってはいる。ほとんどが世襲《せしゅう》によって身分が定められる今の世からすれば、信じられない話だ。

魔族だけでなく人間までもが各地からこの街へ集まってくる理由が、ようやく判明した。

実力さえあれば上級国民になることが出来るのだとすれば、一攫千金《いっかくせんきん》を狙《ねら》う者が続いてもおかしくはない。

良い面だけ見れば、グランディスには夢が溢《あふ》れていた。

しかし、だからといって才能なき者がそれに尽《つ》くさなければならないというのは、いささかに乱暴な話である。それは言ってしまえば、無能はまともに生きる価値がないと言っているのと同じことだからだ。

「少し気になったんだけど。どうして下級国民になった人は街から出ないの？　そんな不《ふ》遇《ぐう》な扱いを受けるくらいなら、さっさと他の街か国に引《ひ》っ越《こ》した方がいいと思うけど」

リリスの疑問に、エリカ以外の全員の注目が集まる。確かに、道理ではあった。

「それは、ロディーヌが一度住人になった者がこの街を出ることを固く禁じているからです。もし破れば、法を犯《おか》したと見なされ、やはり投獄されてしまいます。街は騎士達《きしたち》によって常に見張られていて、少しでも不審《ふしん》な動きをすれば捕縛《ほばく》されてるのです」

「それは……割と最悪だね」

軽い口調でありながらも、エリカの言葉を受けたリリスの顔つきはわずかに暗い。気持ちがあまり表に出ない彼女だが、それはそう努めているだけの話で、実際はルイン達と同じような感情を持っているのだ。

「下級国民は街の労働力だから、逃《のが》すわけにはいかないってわけね。ホント、そのロディーヌってのは、素晴《すば》らしい政治をやってらっしゃるわ」

アンゼリカが皮肉げな調子で言った。

「なるほどな。これで、ようやく街の全貌《ぜんぼう》が掴《つか》めたよ」

ルインは頷く。

上級国民と下級国民のやりとり――あれがグランディスの日常なのだろう。

「……残念だな。ロディーヌとは協力し合えると思っていたんだが」

『人間と魔族《まぞく》が共存する国』という意味ではルインやサシャが目指すところと同じだ。しかし、その内実は大きく異なっていた。

これでは、種族間の違《ちが》いが身分間の違いに変わっただけだ。

「それで、エリカさん、あなたは上級国民によって酷《ひど》い扱いを受けている下級国民の人達を助けているのね」

「エリカで構いません。そうです。微力《びりょく》ながらこの街に何か出来ないかと思いまして」

セレネに答えながら、エリカは続けた。

「ですが、ただ助けているだけではありません。その上で、ルインさん達にお願いがあるのですが……その前に、失礼ながら、皆さんが何者かをお訊《き》きしても宜《よろ》しいでしょうか。先ほど見せて頂いた力を見るに、普通の旅人や冒険者ではなさそうですが。それに、アンゼリカさんは魔族ですよね？」

彼女が見抜《みぬ》いたのも無理はない。アンゼリカはこの街に魔族が普通に暮らしていると分かった途端《とたん》、下ろしていた髪《かみ》を「鬱陶《うっとう》しいから」と元通りに纏《まと》めたからだ。今は尖《とが》った耳が露になっている。

リリスに関しては、バレてもバレなくても特に問題はないということから、権能を使って額の角を隠《かく》したままにしていた。

「街の住人でもないのに人間と魔族が共にいるというのは、本来ありえない話です。なにかご事情があるのではありませんか」

「それはそうだけど……お願いの前に訊いたってことは、その内容がオレ達の素性《すじょう》に関係あるってことかな」

少し気になってルインが尋ねると、エリカはわずかに口ごもった。

「それは……その、そうですね。お願いを聞いて頂く立場でこういうことを言うのもなんですが、信用のおけない方には明かせない事情がありまして。ですが、ルインさんを始めとする皆さんの力は相当なものです。出来れば力をお借りしたい。ならばせめて、少しでも皆さんのことを知りたいと。……勝手なことで申し訳ありません」

恐縮《きょうしゅく》するようにして頭を下げるエリカに、ルインは笑いかける。

「そういうことか。構わないよ。君の気持ちはよく分かる。ただ、信じてもらえるかどうか……」

「いえ。見ず知らずの私を助けてくれたあの時のルインさん達には、正義と信念があるように思えました。私は、その二つを持っている方を信頼《しんらい》します。どうか、包《つつ》み隠さずお話し頂けませんか！」

あまりにも真《ま》っ直《す》ぐな目で見られ、ルインはどうにも照れくさくなってしまった。

「仲間はともかく、オレはそんな大層なもの持ってないような気もするけど……まあ、いいか。話していいかな、皆」

サシャ達を見ると、全員が揃《そろ》って頷く。

「ま、よかろう。エリカは悪い人間ではなさそうじゃ」

代表してサシャが言うと、エリカは「ありがとうございます！」と再び一礼した。誰に対しても礼儀《れいぎ》を欠かさない人物のようだ。

「じゃあ、少し長くなるんだけど……」

言ってルインは、自分がクレスにパーティを追放されたところから、今に至るまでの経《けい》緯《い》を全て語り始めた。

これまでの人々同様、エリカもまた当初は衝撃を受けたように目を丸くしていたが、やがては感心したような顔になり、話が終盤《しゅうばん》に差し掛《か》かると身を乗り出し始める。

「……というわけで、今、この街に居るんだ」

ルインがそう締《し》めくくると、エリカは少しの間、沈黙《ちんもく》を挟《はさ》んだ。

だがやがて腕《うで》を組み、感嘆とも驚愕《きょうがく》ともとれる大きな息をつく。

「……なるほど。凄《すさ》まじいお話ですね。私の想像とは少し、いえ、かなり、いいえ、とんでもなく違いました。魔王使いと封印《ふういん》された魔王達、ですか……」

「まあ、受け入れ難《がた》いのは仕方ないと思う。オレだって自分がこんなことになるとは思いもしなかったわけだし」

「違います。確かに考えもしなかったことですが、言った通り、ルインさんが言うのであれば信じます。それに、作ったお話にしてはありえなさ過ぎるというか、もし本当に私を騙《だま》す為《ため》にねつ造したのであれば、ルインさんは劇作家になられた方が良いと思います」

言われてみれば、そうだ。あまりに荒唐無稽《こうとうむけい》過ぎる。本当に嘘《うそ》をつくならもっとマシなものを用意するだろう。

「しかしお主……警戒《けいかい》しないのだな？」

サシャから意外そうに問われて、エリカは「え？」と小首を傾《かし》げる。

「いや、お主は人間であろう。それも勇者と呼ばれる立場にある。我らが魔王だと知れば、自然と危機感を抱くのではないかと思ってな」

それは、ルインも引っかかっていたところだった。いくら街に魔族が普通に居る中で暮らしてきたといっても、魔王となると話が違ってくる。

魔王は女神《めがみ》に抗《あらが》いし者、人類の仇敵《きゅうてき》といっていい存在だからだ。

「ああ。そのことですか。仰る通り、サシャさん達と話す前であればそのような心構えになったかもしれません」

「どういうことよ。あたし達と話したらそうじゃなくなるの？」

意味不明といったように言うアンゼリカに、エリカは「はい」と断言した。

「私は幼い頃《ころ》、同じく冒険者を生業にしていた父に厳重に蓋《ふた》をした壺《つぼ》を手渡《てわた》され、これに何が入っているかと問われたことがあります」

「は？　なんの話？」

「私は様々なことを言いました。美味《おい》しそうな食べ物であるとか、お金であるとか、あるいは泥《どろ》だとか、毒物であるとか。そうすると父が、割ってみなさいというので、言われた通りに壺を粉々にしました。すると中には……」

意図が掴めないながらも結果が気になったのか、アンゼリカが真剣《しんけん》な顔でエリカの話に聞き入る。

「何も入ってませんでした」

が、拍子抜《ひょうしぬ》けするような答えにがくりと倒れかけた。

「……なにそれ。からかってるの？」

「私もそう思ったので父に抗議《こうぎ》すると、こう答えられたんです。開かない壺は割ってみないと中が分からない。良いものが入っているかもしれないし、悪いものが詰め込まれているかもしれない。ヒトも同じだ。外見だけで判断するな。あくまでも自分の目と耳で判断したことから内側にあるものを見極《みきわ》めろ、と」

そこでエリカは微笑《ほほえ》んだ。

「私は父に教わってから、一つの側面だけで人を見ることはやめました。アルフラ教会の教えによれば魔族は総じて悪《あ》しきモノです。その段階では、私もその情報しかありませんから、そうなんだろうと思っていました」

ですが、とそこで首を横に振り、

「実際に会ったこの街の魔族には良い者も居れば悪い者も居ました。よって総合的な情報を踏《ふ》まえ、私は教会の教えが間違《まちが》っていると判断しました。それ以来、魔族だから悪、人間だから善という捉《とら》え方《かた》をやめたんです。魔王が魔族の頭領だとすれば、それは同じことでしょう？」

「……君は、すごいな」

反射的に、ルインはそう言っていた。

エリカの言うように、創造主アルフラを信仰《しんこう》する大規模宗教組織であるアルフラ教は、魔族は区別なく悪であり、感情などない化け物であると訴《うった》えている。

ほとんどの人間は幼い頃からそういった教えを受けて来た為、嘘か誠《まこと》かと疑うより前に、絶対にそうであると無意識に決めつけているのだ。

だがエリカは、あくまでも感情ではなく、論理によって事を判断している。

彼女にとって全ては自分の目で見て、耳で聞いてどうか、ということなのだ。

刻《きざ》み込まれて来た己の認識《にんしき》ですら、間違っている可能性があると自覚している。

これは己の中にある『軸《じく》』を疑うような行為《こうい》だ。

目の前で実際に行われていることを目にして尚《なお》、己の価値観を優先し現実の方を否定する者が多い中、中々できることではなかった。

「いえ、大したことではありません。実際にルインさんもサシャさんと出会って、認識を変えられたわけですよね。同じではありませんか」

「確かにそれはそうだけど。オレだってそこまですぐに割り切れたわけじゃないからな。尊敬するよ」

「……恐縮です」

遠慮《えんりょ》しながらも褒《ほ》められて悪い気はしないのか、エリカは俯《うつむ》いて頬を染める。

「わたしはルインに説得されてようやくサシャ達のことを受け入れたけど……あなたは一人で気付いたのね。素晴らしいと思うわ」

セレネにまで称賛《しょうさん》されて、彼女はますます赤くなった。

「や、やめて下さい。そのように大仰《おおぎょう》に言われては困ります。ともあれ……ルインさん達のことは把握《はあく》しました。封印から解放された魔王に、賢霊王のハイレア・ジョブの持ち主。更《さら》には魔王を仲間にし、その力を使うことができる魔王使い。驚《おどろ》くべき方々です。……私はとても運が良いのかもしれません」

と、そこで表情を真面目なものに変えると、エリカは告げて来た。

「ルインさん、改めてお願いします。私に……私たちに協力して頂けませんか」

「私『たち』？　他に誰か仲間がいるのか？」

「ええ。ルインさんは私に全てを話して下さいました。ならば私も同じことをするべきでしょう。……ご案内します。こちらに来て下さい」

言ってエリカはルイン達に背を向け、歩き始める。

ルインはサシャ達と顔を見合わせたが――ひとまずは彼女についていくことにした。

やがて、エリカが辿《たど》り着いたのは、一軒《けん》の廃墟《はいきょ》であった。

元は大きな屋敷《やしき》であったようだが、今は見るも無残に朽《く》ちてしまっている。

「ここは……」

「詳細《しょうさい》は分かりませんが、立派な造りからいって貴族階級の方がお持ちになられていたところなのでしょう。今は御覧《ごらん》の通り、全盛期《ぜんせいき》の見る影《かげ》もありませんが。ただ、幸いどうにか住むことは出来ます」

ルインに答えながら、エリカは屋敷の内部へと入っていく。

「もしかして、さっき上級国民に虐められていた人を助ける時に伝えていた町外れの廃墟って、ここのこと？」

リリスが軋《きし》むような音の鳴る床《ゆか》を慎重《しんちょう》に歩きながら、エリカに尋ねた。

「ええ。持ち主には申し訳ありませんが、拠点《きょてん》として使わせて頂いています」

エリカは地下への階段を降りると、廊下《ろうか》を進んだ先にある、閉め切られた大きな扉《とびら》を叩《たた》いた。

「皆さん。私です。エリカです」

しばらくすると、くぐもった声が返ってくる。

「おお……エリカさん。よく無事に戻った」

間もなく鍵《かぎ》を開けるような音と共に、扉は内側へと開かれた。

明らかになった室内は、倉庫か何かに使われていたのか、かなりの広さがあり、埃《ほこり》っぽい空気が流れている。

数個の椅子《いす》や机に、元々あったものなのかどこからか拾って来たのか、粗末《そまつ》なベッドが幾つも並べられていた。

が、目につくのはその広さを埋《う》め尽くすようにして居る、大勢のヒト達《たち》だ。

老若男女《ろうにゃくなんにょ》、大人子ども関係なく、人間も魔族も交じっている。

「すみません。遅《おそ》くなりました。今日、新しい方を助けたのでまたここに住む人が増えるかもしれません」

「そうですか。いや、我らは構いませんよ。そもそもがエリカさんに助けて頂いてここにいるのですから……」

扉を開けた魔族の男が言うと、その後ろから子ども達が顔を見せた。

「エリカさん、おかえりなさい！」

「エリカさんおかしなーい？」

「おなかへったー！」

幼い彼《かれ》らの中には、人間と魔族の両方がいる。

「ただいま。焼き菓子を買ってきましたよ。皆で分けて食べて下さい」

懐《ふところ》から出した袋《ふくろ》を、エリカが人間の男の子の手に乗せると、彼らははしゃぎながら奥《おく》へと戻っていった。

「いつもありがとうございます。ただでさえ、エリカさんにはご迷惑《めいわく》をかけているのに……」

「気になさらずに。私が勝手にやっていることですから」

「そのようなことを仰らないで下さい。本当にわたくしたちは感謝しているんですから……おや、後ろの方達は？」

そこでルイン達の存在に気付いたのか、男が視線を向けて来る。

「この方達は、ルインさん、サシャさん、リリスさんにアンゼリカさん、セレネさんです。実は上級国民によって暴行を受けていた魔族の女性を助けようとしたところ、魔刃騎士からの妨害《ぼうがい》を受けまして」

「なんですって。大丈夫だったのですか……⁉」

エリカの言葉を聞いて、男だけでなく他の者達も心配そうな顔で集まってくる。

「ええ、危ないところでしたが、ルインさん達のおかげで助かりました」

「なんと……それは良かった。ルインさん、と仰いましたか。本当にありがとうございます」

室内に居るほぼ全員に揃って頭を下げられ、ルインは慌てて手を振《ふ》った。

「いえ、大したことでは。ところでエリカ、この人達は……」

もしかして、と思いながらルインが問うと、エリカは「ええ」と軽く頷く。

「お察しの通り、上級国民によって理不尽《りふじん》な目に遭《あ》っていたところを私が助けた方々です。もっとも全員ではありませんが」

「……ふむ。この街の法に耐えきれずここに集まっている、というところかの」

サシャの推察は当たっていたようだ。

男を始めとする、部屋に居た者達が総じて顔を伏《ふ》せた。

「ええ。わたくしはオルダンと申しますが。自らこの街に住むことを望んでおきながら身勝手な話ではあるものの、ロディーヌ様からの仕打ちにどうも限界を感じてしまい……」

オルダンと名乗った男が全員の気持ちを代弁するようにして語り始める。

「引け目なんて感じる必要ないわよ。どう見たって滅茶苦茶《めちゃくちゃ》な決まりなんだから」

アンゼリカが心底から気に入らないというように言うと、オルダンは少しだけ安堵《あんど》したような表情を見せた。

「………」

「なによリリス。なんであたしを見るのよ」

じっと視線を向けて来るリリスにアンゼリカが絡《から》むと、彼女《かのじょ》は「いや別に」と小さく呟いた。

「素直《すなお》じゃないと気を遣《つか》う時も面倒《めんどう》そうだなと思って」

「う、うるさいわね⁉　あなたは余計なことを言い過ぎなのよ！」

噛みつかんばかりに叫ぶアンゼリカにリリスは肩《かた》を竦《すく》める。

「これ以上街に居たくないってヒト達を、エリカがここに保護しているってことか。大変だな」

ルインは敬意を込めて言った。

これだけ大勢を隠すのは、並大抵《なみたいてい》のことではない。恐らくはロディーヌの監視《かんし》に見つからないよう神経を張り詰めながら、懸命《けんめい》に守って来たのだろう。

「いえ。私に出来るのはこの程度のことしかありませんから。ですが……いつまでもここにいるわけにも参りません。この方たちは、出来るなら街を抜《ぬ》け出したいと望んでいるのです」

「でしょうね。でも、街を出ようとすると騎士達が立ち塞《ふさ》がる。困ったわね。どうにか出来ないのかしら……」

セレネが思案気な表情を浮かべるのに、ルインはあっさりと告げた。

「出来るよ。なんならすぐにでも」

「え……どういうこと？　ルイン」

「ああ、そうか。セレネはまだ知らなかったな。皆、少し離《はな》れて」

ルインの指示に、サシャを始めとする場に居た全員が距離《きょり》をとる。

それを確かめてから、ルインは虚空《こくう》に手を翳《かざ》して唱えた。

「――【破界顕現《はかいけんげん》】」

虚空に漆黒《しっこく》の炎《ほのお》が舞《ま》い踊《おど》る。事情を知らないオルダン達がどよめいて、怯《おび》えるように引いた。

「皆さん、心配なさらないで下さい。ルインさんの持つスキルです」

エリカが落ち着かせるように言っている内に、ルインの生み出した炎は形を変えた。

それぞれが伸長《しんちょう》すると二つに分かれ、地面に立つと、左右に建ち並ぶ柱の如き姿となる。

次いでその中央の空間が、強引に丸めた紙のような歪《ゆが》みを見せた。

「ルイン、これは一体なにかしら？」

「【破界の門】。リリスをテイムしたことで魔王使いの段階が向上し、新たに手に入れた力だ。サシャの城と任意の場所を繋《つな》げ、瞬間的《しゅんかんてき》に移動することが出来る」

「え、と……じゃあ、これを使えば街の門を通ることなく、ここの皆《みな》さんを外へ脱出《だっしゅつ》させることが出来るということ？」

「そういうことだな」

頷《うなず》いたルインに、エリカを始めとした室内の住人達がざわつき始める。

「そのようなスキル、聞いたことがありません。さすが魔王使いですね」

エリカが感心したように言うと、オルダンが眉を顰めた。

「魔王使い、ですか？　響《ひび》きからすると、人間達のジョブのようですが」

「ああ。そうですね。皆さんには説明しなくてはなりません。こちらの方々は――」

エリカは先ほど、ルインから聞いた話をそのままオルダン達へと語る。

「なんと……魔王様を従える人間、ですか。そのような者が居るとは」

オルダン以外の者達も、にわかには信じ難いといった表情を見せている。

「皆さんのお気持ちは理解できますが、ルインさんは嘘をついてないと思います。私の信念を以《もっ》てそれを保証いたします」

「左様ですか。エリカさんがそう仰るのであれば……ああ、いえ、その前に。存じ上げなかったとは言え、魔王様に失礼な態度をとってしまい申し訳ありません！」

オルダンや他の魔族《まぞく》達が慌《あわ》てたように跪《ひざまず》き、深々と頭を下げて来るのに、サシャは手を振った。

「よい。魔王とは言え過去の者ゆえ、必要以上の畏《かしこ》まりは不要じゃ」

「うん。そういうことされるとやりにくくなるから、普通でいいよ」

「別にあたしの部下でもないんだから、楽にしてなさいよ」

リリスとアンゼリカが続くと、彼らは安心したように笑《え》みを見せ、再び立ち上がる。

「……皆さん。実はオレ達は、ここにいる彼女……サシャの城を中心にして、人間と魔族が暮らす国を作ろうとしています」

そこでルインが口を開くと、彼らは一様に、恐怖心《きょうふ》を抱いたような反応を示した。

「ああ、いえ。誤解なさらないで下さい。この街のように能力で身分を分けようとは考えていません。もちろん、優秀な人が評価されるような制度は必要ですが、かといってそれ以外を奴隷のように扱うなんていうのは、絶対にあってはならないことです。……信じて頂けますか？」

今述べたことは、所詮《しょせん》なんの確証もない話だ。耳心地の良いことだけ言って、ルインがロディーヌのような人間でないとは限らない。

だが室内に隠れ住んでいた者達は視線を交《か》わし、頷き合うと、オルダンが皆を代表するようにして答えた。

「分かりました。エリカ様を助けて頂いたあなたであれば、その言葉を信じましょう」

その真摯《しんし》な眼差《まなざ》しにルインは胸を撫《な》で下ろし、続きを話すことにした。

「ありがとうございます。そこで提案なんですが……皆さんも、サシャの城に来ませんか」

「と、申しますと……我々もルインさんの作る国の住人にして頂けると？」

「ええ。国といってもまだまだ人数は少ない。それに……今のところ居るのは魔族ばかりで、人間の方も迎《むか》え入れたいと思っていたところなんです。もちろん、オルダンさんのような魔族も大歓迎《だいかんげい》ですが」

再び騒《さわ》がしくなる室内。

彼らからすれば思ってもみない話であっただろうから、無理もなかった。

「どうじゃ。こんなところにいつまでも、罪人のように隠れ住んでおるのはお主らからしても不本意じゃろう。わらわの城に来ぬか。少なくともこの街よりは自由を保証するぞ」

だがサシャからそう優しい口調で言われ、オルダンが首を垂れる。

「勿体《もったい》ないお言葉でございます。我らとしてもルインさん達のお誘《さそ》いは大変ありがたく思っております。出来ればすぐにでも移住したい。ですが……」

「……ですが？　どうしたのじゃ？」

「ロディーヌの城には、この街から逃《に》げ出そうとして捕《つか》まった仲間や家族が大勢います。彼らを見捨てて我々だけ逃げるというのは、やはり」

気まずそうに目を逸《そ》らしているのはオルダンだけではない。後ろに居た他の者達も、悲《ひ》愴《そう》な顔で俯いていた。

「皆さんに関係ある方々はオレ達が責任もって助けます。ですから、あなた方だけでも先に脱出しませんか？」

ルインが説得するも、彼らは譲《ゆず》らなかった。

「申し訳ありません。ルインさん達の言うことが正しいと我々も承知しております。ですが、それでも、やはりここを出ることは出来ません。勝手なことであると自覚してはいるのですが……」

　オルダンの言葉は全員の総意であるようだった。そうくると、ルインとてこれ以上は何も言えなくなってしまう。

「……皆さんのお気持ちは私も理解出来ます。私も、仲間の安否が不明なままで自分だけ安全なところに行くというのは、どうしても引け目を感じてしまいますから」

　エリカが沈痛《ちんつう》な面持《おもも》ちで零《こぼ》した。

　事が心情的な問題であるならば、更に何と諭《さと》したところで無駄《むだ》だろう。ならば、次にやるべきことは一つしかない。ルインがサシャ達を見ると、承知しているというように頷いた。

「……分かりました。では、皆さんはここに居て下さい。オレ達が直接ロディーヌのところに行って、皆さんの大切なヒト達を取り戻してきます」

「ルインさん……よろしいのですか？」

　エリカが驚いたようにルインを見て来た。

「正に、私はそのことをルインさん達にお願いしようとしていたのです。私一人では何かあった時に対応できませんので。ただ、この街とは関係のないルインさん達を巻き込《こ》むことになってしまう為、断られるやもしれないという覚悟《かくご》をしていたのですが」

「関係ないことはないよ。オレは現魔王《まおう》より先に封印された魔王を仲間にしなきゃいけないんだ。どの道、ロディーヌの城には行くつもりだった」

「うむ。エリカ達の問題が話し合いで済むかどうかは分からぬが。いずれにせよロディーヌに対面することにはなっていたじゃろう」

サシャが「じゃから無用な気遣《きづか》いは要《い》らぬぞ」と声をかけると、エリカは虚《きょ》を衝《つ》かれたような顔をした。

が――すぐに、その目に涙《なみだ》を浮《う》かべ始める。

「あ、サシャがエリカを泣かせた」

「ちょっとなにやってんのよ、年下に」

「ええ⁉　わ、わらわのせいか⁉」

リリスとアンゼリカから責められ、サシャは焦《あせ》ったようにエリカの顔を覗《のぞ》き込んだ。

「ど、どうしたのじゃ。わらわがお主の心を傷つけるようなことを申したか⁉　だとすれば、すまぬ。悪気はなかったのじゃ。許してくれ。どうもその、誰かの涙は苦手じゃ」

「大丈夫《だいじょうぶ》よ、サシャ。彼女は悲しくて泣いているんじゃないから」

目に見えて狼狽《うろた》えるサシャに、セレネがくすくすと笑いながら言った。

「そ、そうです。申し訳ありません。その……感動してしまいまして」

目元を拭《ぬぐ》うと、エリカはサシャを安心させるように笑みを浮かべる。

「見ず知らずの私達の為に、こんなに多くの方に助力して頂けるなんて。万の味方を得た想《おも》いです。本当に有難《ありがと》うございました」

エリカが丁寧《ていねい》な仕草で一礼すると、オルダン達もそれに倣《なら》った。

「な、なんじゃ、そういうことか。……って、おい、リリス！　アンゼリカ！」

ほっとしたような表情を見せた後、サシャは振り返って二人を怒鳴《どな》りつける。

だがリリスもアンゼリカもそっぽを向くだけだった。

「でも……一介《いっかい》の旅人であるオレ達が、今のこの街の支配者であるロディーヌに簡単に会えるだろうか」

言うなれば庶民《しょみん》が王に謁見《えっけん》するようなものだ。緊急《きんきゅう》事態でもない限り、然《しか》るべき理由を用意しなければ文字通りの門前払《もんぜんばら》いを喰《く》らうだろう。

「別に正面から行く必要はないんじゃないの？　どこからか侵入《しんにゅう》すれば？」

名案とばかりにアンゼリカが発言するが、すぐにセレネに否定された。

「無理よ。これだけの数がいるんだから。向こうだって馬鹿じゃない。すぐに見つかるわ」

「なによ。馬鹿かもしれないじゃない！」

「そんな低い可能性に賭《か》けてどうするのよ」

「うるさいわね。だったら、あなたには何か良い考えがあるっていうの⁉　あるなら言いなさいよ。ほら。ほら。ほら！」

突《つ》っ込《こ》まれたのがよほど悔《くや》しかったのか、アンゼリカがなにやら必死にセレネへと迫《せま》る。

「そ、そんなこと急に言われても……」

「ほうらないじゃない。なのに偉《えら》そうなこと言って。いい？　人の意見を否定できるのは代案がある時だけよ。文句つけるだけなら猿《さる》だって出来るんだから」

「さっ——言うに事欠いて猿とはなによ⁉　あなただってそんなに大した考えでもなかった癖《くせ》に！」

受け流せなかったのか声を荒《あら》らげて言い返すセレネを、ルインは「まあまあ」と宥《なだ》める。

が、その時、奇妙《きみよう》な音が聞こえ——。

セレネ達が視線を向けると、オルダンが微《かす》かな笑いを漏《も》らしていた。

「ああ、いえ、申し訳ありません。我ら以外にも左様に人間と魔族が同じ立場で言い合っている姿を見ることが出来るとは、と思いまして……つい」

見られていることに気付き、オルダンは慌てて謝《あやま》って来た。

「我ら以外、というと……あなた方も？」

ルインが尋《たず》ねると、オルダンは「ええ」と顔を綻《ほころ》ばせた。

「元々、この街では二種族間の争いが禁じられておりますから、人間と魔族ということだけで諍《いさか》いが起こることはありません。ただ、それはあくまでも法によって定められたというだけのこと。全員が本心から認め合っているわけではありません」

だろうな、とルインも思う。いくら人間と魔族の間にある誤解がある程度解けたとしても——差別意識、もしくは異物を排除《はいじょ》したいという想いは、いくら決まりで縛《しば》られたからといって完全になくなるものではなかった。

いわば人間の心にこびりついた泥のようなもので、法による制度は『きっかけ』になりはしても、結局はそれを自らで拭う意志をもたなければ、いつまで経《た》ってもなくなりはしない。

「ですが、わたくしはこの家で隠れ、人間と深く関わり合うことでそうした意識がなくなっていきました。人間だろうと魔族だろうと、互《たが》いに強者によって立場を失った者という意味では同志ですから、いがみ合うのも馬鹿らしいと思うようになったのです。それよりは互いに手をとりあって生き抜いた方が良い」

「……ふむ。皮肉にも、ロディーヌの作り出した制度によって、汝《なんじ》らは真の結びつきを得たということじゃな」

サシャの指摘《してき》に「そういうことです」とオルダンは深々と頷く。

「今では先程《さきほど》のアンゼリカさんとセレネさんのようなやりとりが日常になればいいと、そう思っております」

その通りだな、とルインはしみじみ思った。双方《そうほう》が譲れないことを、譲れないのだと正直に言い合うことは、当たり前のように見えて貴重なことなのかもしれない。

「はあ。あたしはこんなぎゃーぎゃーわめく女と関わる日々は御免《ごめん》だけど」

「わめいているのはどっちよ……ところで、お城の件はどうするの？」

アンゼリカを半眼で見つつセレネが言うと、エリカが勢いよく手を挙げた。

「あの！　それなのですが。正面から乗り込むのが一番良いと思います」

「いやあなた、さっきの話聞いてた？　無理だってことだから、潜入《せんにゅう》したほうがいいってあたしが言ったんでしょ」

アンゼリカから頭を軽くぽんぽんと叩かれながら、エリカはそれでも生真面目《きまじめ》な顔で、

「いえ！　無理ではありません。今日は既《すで》に謁見の時間が過ぎている為、明日に回す必要はありますが……ロディーヌは常に『強き者』を求めています。その為、誰《だれ》を問わず対面したいと望めば会おうとするのです」

「へぇ。友好的な魔王も居たものだね。じゃあ、お茶飲みたいって言っても会えるの？」

リリスが半ば冗談《じょうだん》とも言えるような雰囲気《ふんいき》で訊くと、エリカは「ええ！」と真っ直ぐに

答えた。

「ただしそのお茶会がロディーヌにとって意味のないものだと判断されれば、その場で処《しょ》刑《けい》されますが」

「全然友好的じゃなかった。……それで？　門番に会いたいって言えばいいの？」

「はい。ただし、条件があります。ロディーヌに会うその前に、価値があると示さなければなりません。この街の住人になりたいと望むのと同じことです」

「ということは……力か、商才か、あるいは知恵《ちえ》を見せる？」

「そうです。その三つの中からどれかを選ばなければなりません」

「だってさ、ルイン？」

決定を委ねるようにリリスから振られるが、ルインからすれば選択肢《せんたくし》は一つしかないように思えた。

「商才って言われてもこの中に商売をしたことあるヒトなんていないし、知恵にも自信がないなぁ。セレネはどう？」

「わ、わたし？　わたしは無理よ。なにを試《ため》されるか分からないわけだし」

勘弁《かんべん》して欲《ほ》しいとばかりに激しく首を横に振るセレネに、サシャが咳払《せきばら》いした。

「仕方がない。ここはわらわの才覚を発揮する時が」

「ま、無難に力でいいんじゃない。あたし達なら問題ないでしょ」

「私もそう思う」

「おい！　お主ら！　わらわの秘《ひ》められた能力を見たくはないのか⁉」

「遠慮するから一生秘めておいてくれる？」

「右に同じ」

「ごめん、サシャ。わたしもそう思う」

張り切って前に出たサシャだったが、アンゼリカ達からばっきりとへし折られ、そのまま蹲《うずくま》った。

「なにもそんな……皆で言わずとも……」

指先で床を擦《こす》りながらいじける【死の魔王】がひどく哀《あわ》れに思えて、ルインはその肩を叩く。

「いつかオレの前で見せて欲しいな。サシャの秘められた能力」

「そ、そうか……？　そうじゃな。まずはルインに見せてやろう。度胆《どぎも》を抜かれるなよ」

「楽しみにしてるよ」

すぐさま立ち直ったサシャに微笑みかけながら、ルインは場を纏める為に言った。

「仕方ない。――力を試してもらいに行くか」

第三章――懐かしき者と激闘の末に

The demon lord tame strongest domination

日が明けた、朝早く。

エリカと合流したルイン達は彼女の案内により、ロディーヌの居る城へと向かった。

街の中心にある大通りを真っ直ぐに進み、かつては富裕層《ふゆうそう》や貴族階級が住んでいた、今は上級国民たちが住んでいるであろう高級住宅地を抜けると、目の前に堅牢《けんろう》な建物が見えて来る。

整然と並ぶ石材によって建築された王城は、首が痛くなるほど仰《あお》がなければ全容が分からないほどだった。幾《いく》つもの尖塔《せんとう》が空を刺《さ》し、その蒼《あお》を侵食《しんしょく》している。

巨人《きょじん》でも潜《くぐ》り抜けられるかと思う程《ほど》の城門を前に、頑強《がんきょう》な全身鎧《よろい》に身を包んだ門番たちが四人、二人ずつ左右に分かれて立っていた。片方は魔族《まぞく》で、もう片方は人間だ。

「待て」

ルイン達が門を潜ろうとすると、番人たちが手に持った槍斧《そうふ》を交差して行く道を塞いでくる。

「何者だ。ここを尊きお方の住まう城と知っての行動か」

「はい。ロディーヌ様にお目通りを願いたく思います」

この街に慣れているエリカが代表して答える。

「王の許しは得ているのか？」

「いえ。ですから『試し』を願いたいと思っています」

「……いいだろう。では選ぶがいい。力か。知恵か。それとも金か」

「力の試しに望みます」

番人たちは一瞬《いっしゅん》、視線を交わしたが、やがては互いに頷いた。

「いいだろう。力の試しは強さを測る。汝らの中で一人を選び、我《わ》が城の精鋭《せいえい》である魔刃《まじん》騎士《きし》の一人と戦うのだ。誰を代表者にする？」

「オレがやります」

迷いなくルインは言った。これは事前に決めていたことだ。

この中で一番強い者が立候補するとなった時、サシャが言ったのだ。

『となればルイン一択《たく》じゃろう』

これには、セレネは賛成したものの、アンゼリカとリリスからは反対の声が上がった。

魔王としての矜持《きょうじ》がそれを認めることを許さなかったのだろう。

しかし、三人の中でも一番誇《ほこ》り高いはずのサシャは平然と返した。

『ならばお主らはどうしてルインにテイムされたのじゃ』

その言葉に、リリス達は黙《だま》り込んだ。

『全盛期ならいざ知らず、わらわ達の力が現在ルインに劣《おと》っているのは事実。ならば虚勢《きょせい》を張るよりは確実に試しに通る者を選ぶのが道理よ』

あまつさえそう続けられて、結果、彼女《かのじょ》達は渋々《しぶしぶ》といったように譲ってくれることとなり。一番付き合いの長いサシャが我を引いてまで自分を推《お》してくれたことが、ルインは何よりも嬉《うれ》しく――喜んで引き受けたのだった。

「承知した。では力の試しを行う。門を潜った後、右に折れ、他に比べてひと際《きわ》大きな建物を目指すが良かろう」

門番たちは槍斧を解くと、門へと向かい、備え付けられた棒のようなものを下ろした。

やがて軋むような音を立て、巨大《きょだい》な門扉《もんぴ》がゆっくりと開いていく。

ルイン達が中に入ると、石畳《いしだたみ》の通路が続き、周囲には緑豊かな庭が広がった。

だが規模は大きいものの、剪定《せんてい》された植木や薔薇《ばら》園《えん》など、城にはつきものの鑑賞《かんしょう》物が見当たらない。ただ虚《むな》しいほどの広大な空間が広がっているだけだ。

もしかすれば実利を重んじるロディーヌは、そういったものを愛《め》でる趣味《しゅみ》をもたないのかもしれなかった。

「ふん。芸の無いやつじゃ」

サシャがつまらなそうに言った後、ルイン達は門番に言われた通り右に折れる。

そのまま庭を進むと、なるほど、向こうに大きな建物があった。城ほどではないが、それでも貴族の屋敷の一つか二つは入ってしまいそうなほどだ。

近くまで来ると、入り口に立っていた兵士がルイン達を見て、もっていた槍《やり》で地面を突く。

「ようこそ試しの場へ。これより代表者一人に、ロディーヌ様直属の騎士《きし》がお相手致《いた》します。勝負は騎士が実力を認めるか、どちらかが参ったと宣言する、もしくは気を失うまで。万が一、挑戦者《ちょうせんしゃ》が大怪我《おおけが》を負う、または死亡したとしても責任はとりません。よろしいですか？」

「ええ、構いません。一つ質問いいですか？」

ルインが尋ねると、兵士は明朗な声で答える。

「はい。なんでしょう」

「騎士の方が怪我をしたりしても、こっちの責任にはならないんでしょうか。さすがに殺す、というところまではしませんが、相手が相手ですので、こっちもある程度は本気にならざるを得ないかもしれません」

それが原因でロディーヌに会えなくなる、ということにでもなればやる意味がない。

と、思っての質問だったのだが、相手の兵士は戸惑《とまど》うような様子を見せた。

「……もちろん。そのようなことは致しません」

「分かりました。ちなみに怪我をされた時の治療《ちりょう》、療養施設《りようようしせつ》等はありますよね？」

なければリリスの権能《けんのう》で傷を癒《い》やすだけだが一応、念《ねん》の為《ため》にルインが問いを重ねると、
兵士はますます訳が分からないといった顔になる。

「そ、それは、はい。あります。あの、ご自身の心配はなさらないのですか？」

「ん？　オレですか？　ああ……そうですね。気をつけます」

言われてみればそうかという程度で素っ気無く返すと、兵士が沈黙《ちんもく》した。

やがて、なんなんだこいつは、というような眼差しを向けられる。

「気にするな。こやつはこういう奴《やつ》なのだ。早く通すが良い」

が、サシャに急《せ》かされて、兵士は「そ、そうですか……」とまだ腑《ふ》に落ちないような表
情のままで、建物の扉を開けた。

「こちらは普段《ふだん》、兵士や騎士様達の訓練場となっております。その為、戦いに関して不自
由を感じることはないと思いますので、ご安心を」

そう声をかけられながら、ルイン達は入り口を潜る。

兵士の言う通り、内部の床や左右の壁《かべ》、天井《てんじょう》も城と同じ頑丈《がんじょう》な素材で造られているようだった。これならば多少派手に暴れても問題はなさそうだ。

広い室内の中央辺りには、白線が長方形に引かれていた。恐《おそ》らくそこが訓練をする際の試合場なのだろう。

周囲には椅子が並べられ、戦いを鑑賞できるようになっている。

そうして、試合場には――ルインが半ば予想していた人物が立っていた。

「よう……ルイン」

金色の髪《かみ》に、にやけた笑みを貼《は》り付かせた端整《たんせい》な顔。武骨な鎧を身に纏《まと》い、腰《こし》に二本の長剣《ちょうけん》を下《さ》げた青年、クレスである。

「やっぱり、相手は君だったか」

魔刃騎士と戦う、と言われた時からこうなるのではないかと思っていた。

「ああ。俺だ。お前がそれなりにやることは知ってるからな。いくら魔刃騎士でも他の奴等じゃ勝てないだろうって説《と》き伏せたんだよ」

「お主とて同じようなものじゃろうが。あれだけルインに一方的にやられておいて、よく吼《ほ》えたものよ」

サシャが笑い飛ばすと、クレスは彼女を鋭《するど》く睨《にら》み付ける。

「黙れ、魔族が。昔とは違《ちが》う。ロディーヌに認められ、魔刃騎士になったオレとはな」

「魔王にこびへつらって力を貰《もら》ったからって、随分《ずいぶん》と調子に乗ってるじゃない。人間なんて大体が愚《おろ》かだけど、あなたはその中でも特別級ね」

アンゼリカの嘲《あざけ》りに、クレスが試合場に唾《つば》を吐《は》き捨てた。

「クソが。オレは魔王を利用しただけだ。自分に相応《ふさわ》しい力を得る為にな」

「……クレス。あなた、本当にそれでいいの？　今からでも遅くないわ。ルインに協力してなんて言わない。でもせめて、きちんと罪を償《つぐな》いましょう」

訴《うった》えるセレネの言葉も、今の彼には届かない。

「セレネ。オレの価値も分からずにルインになんてついたお前のことも、今はもうどうでもいい。まずはルイン、お前から消して、ついでに残りの奴等も全員排除してやる。ロディーヌになんて会わせるかよ」

「……どうしてもやるんだな」

無駄だと分かっていながらもそう確認《かくにん》してしまうのは、ルインの脳裏に幼馴染《おさななじみ》として彼と親しくしていた過去がちらついてしまうからだろう。

だが、クレスはそんなことなど忘れてしまったかのように、居丈高《いたけだか》に顎《あご》を上げた。

「くどい。お前に負けてから、オレがどれだけムカついたか分かるか。よほど死んでやろうかと思ったぜ。それでも、歯を食《く》い縛って生き続けてよかった」

彼は自らの剣《けん》を――例の紋様《もんよう》の刻まれた不可思議な方を――抜き、床《ゆか》に突き立てると、高々と叫《さけ》んだ。

「こうしてルイン、お前を堂々とぶっ殺せるんだからな！」

最早《もはや》、問答によってどうにか出来る段階は、とっくに過ぎているようだ。

今のクレスはルインを倒《たお》すことしか頭にないのだろう。

「やれい、ルインよ。あの愚かな男の目を、今度こそ覚ましてやれ！」

サシャから発破をかけられて――ルインは、決意と共に試合場へと移動した。

「ルイン、がんばって」

「あんな雑魚《ざこ》、さっさと倒してしまいなさいよ。前哨戦《ぜんしょうせん》なんだから」

「ルイン、お願い。クレスを止めて……！」

「勝利あるのみです。ルインさん！」

背後から仲間達の声援《せいえん》を受け、ルインはクレスと対峙《たいじ》すると、眼前に手を翳す。

「――魔装覚醒《まそうかくせい》――」

虚空に激しい音と共に、漆黒の炎が躍《おど》った。

内部に手を入れ、硬《かた》い感触《かんしょく》と共にそれを取り出す。

長剣【破断《はだん》の刃《やいば》】の柄《つか》を握《にぎ》りしめ、ルインは静かに構えた。

「待っていたぜ。この時をな……」

クレスはもう一本の長剣を抜くと、その切っ先を突きつけて来る。

「好きに生きて今まで楽しかったか？　ルイン」

彼《かれ》の全身から黄金色《こがねいろ》の光が溢《あふ》れた。

【剣聖《けんせい》】のハイレア・ジョブのスキルが発動した証拠《しょうこ》だ。

「だが――それも、これで終わりだッ！」

クレスが地面を蹴《け》った瞬間《しゅんかん》。周囲に衝撃波《しょうげきは》を撒《ま》き散らしながら、彼の姿が掻《か》き消えた。

しかしルインは既にその動きを見抜《みぬ》いている。頭で考えるより先に体が反応した。

腰を捻《ひね》り、右方向に刃を叩《たた》きつける。激しい衝撃音が試合場に鳴り響いた。

いつの間にか真横から襲撃《しゅうげき》をかけていたクレスの長剣を、ルインは自らの得物によって止めている。

「終わるのは君だ、クレス。どれだけ……」

ルインはわずかに息を吸うと、吐き出した感情と共に行動を開始した。

「どれだけ皆に迷惑《めいわく》をかければ気が済むんだッ！」

培《つちか》った力を駆使《くし》し、怒涛《どとう》の如き連続的な剣撃を繰《く》り出していく。

「はははははは！　さすがだなルイン。そうでなくちゃなぁ！」

だがクレスはその全てに反応し、あらゆる角度から迫る刃を全て防いでは弾《はじ》きとばしていった。数秒の間、わずかでも気を抜けば即座《そくざ》に致命傷《ちめいしょう》を負うようなやりとりが、瞬《まばた》きをする間もなく繰り返される。

最後に一撃《いちげき》。真っ向から渡《わた》り合った剣と剣がぶつかり合い、クレスは跳躍《ちょうやく》すると後ろへと引いた。

かと思えば彼は即座に光の波動を連発し、更《さら》に剣を地面へ向けると、

「【光界招来《こうかいしょうらい》】！」

全身から眩《まばゆ》い輝《かがや》きを放つ。相手の視界を奪《うば》うスキルだ。ルインが波動を避《さ》けられないようにということだろう。

だがルインは【剣聖】のスキルを熟知していた。彼が口を開いた瞬間に次手を読み、目を瞑《つぶ》ることでそれを防いでいる。

瞼《まぶた》を開けると同時、迫り来る波動を連続的にかわし続けた。

クレスは幾度《いくど》も同じ攻撃《こうげき》を繰り返すが一つとしてかすりもしない。

ルインが彼のわずかな体の動きと視線の向きで軌道《きどう》を予測しているからだ。

「驚《おどろ》きました。剣聖のジョブももっていないのに、あの攻撃をああも巧《たく》みに回避《かいひ》できるなんて……私には無理です」

背後で、エリカの圧倒《あっとう》されたような声が聞こえてくる。

「そうじゃろう。あれがルインの実力なのじゃ」

サシャは我が事のように誇らしげにするものの、次いで、不可解そうに零した。

「しかし、あれは……」

さすがというべきか。彼女もまた、ルインと同じことを考えているようだ。

（そう。クレスが今とっているのは、以前にオレと戦った時に使った手とほぼ同じだ）

クレスが再び試合場の床を蹴り、肉薄《にくはく》してくるのを捉《とら》えながら、ルインはスキルを発動し得物を替えた。

剣の刃と同じ黒水晶で造られた槍を炎から抜き出すと、それを突き出す。

クレスがわずかに顔色を変え、移動の向きを急角度で変えた。先程まで居た場所を、虚空から前触《まえぶ》れなく現れた槍の先が貫《つらぬ》く。

【孔滅《こうめつ》の槍】と呼ばれる、ルインのもつ特殊《とくしゅ》な武器の一つだ。距離を無視して離れた相手に攻撃を届ける。

連続して刺突《しとつ》を放つと、クレスは次々に移動する場所を変えていくものの、前に出ることが出来ずに一旦《いったん》、離れた。

ルインの出方を窺《うかが》うように、彼はそこで攻勢《こうせい》を止める。

（……なにを考えている。同じ轍《てつ》を踏《ふ》むような真似《まね》をする奴じゃないはずだ）

クレス同様にルインもまた警戒《けいかい》しながら、槍を構えた。

相手は幼馴染だ。何もかもというわけではないが、小さな頃《ころ》からの付き合いである程度のことは分かっている。だからこそ言えることなのだが、クレスは決して無能ではない。

口ではルインを侮《あなど》るようなことを言っているが、実際はそうではないだろう。

以前、自分が完膚《かんぷ》無《な》きまでに敗れたことは自覚しているはずだ。故《ゆえ》にこそなにも反省せず突っ込んでくるような真似をするはずもなかった。

（それに、せっかく手に入れた魔剣《まけん》を未《いま》だに使う気配がないというのも妙《みょう》だ）

一体、なにをするつもりなのか――。クレスの動向が完全には読めず、ルインは言い知れぬ不気味さを感じた。

「ちょっと、ルイン。なにをぼうっとしてるのよ。さっさとやってしまいなさい」

その時、後ろでアンゼリカがじれったそうに言ってくる。

「やめなさい。ルインにはルインのやり方があるのよ。無闇《むやみ》に口を出すものじゃないわ」

セレネに注意されて、アンゼリカはむくれたように返した。

「なんかもどかしくてイライラするのよ。魔力《まりょく》の大半を失っていたとは言え、このあたしと対等に渡り合っていた奴がちんたら戦ってたら」

「気持ちは分かるけど大丈夫だよ。ルインなんだから」

リリスが確信をもって言うのに、サシャも「そうじゃ」と躊躇《ためら》いなく同意した。

「何度もわらわ達《たち》の常識を覆《くつがえ》してきた男じゃぞ。ここはどんと構えて勝利を待つのじゃ」

「……ま、それはそうかもしれないけど」

反論できないところがあると思ったのか、アンゼリカはそこでようやく引っ込んだ。

すると――その会話を聞いていたクレスが、くつくつと笑い始める。

「……なにがおかしい」

ルインの問いに彼は「いや」と皮肉げに口端《くちは》を上げた。

「オレに追い出された時には独りぼっちだった癖に、随分とお仲間が増えたと思ってな」

「ああ、そうだな。ありがたい話だ」

「それに比べてオレはどうだ。お前に負けてから仲間に見捨てられ、勇者の称号《しょうごう》も剥奪《はくだつ》されて、今はこっちの方が孤独《こどく》を満喫《まんきつ》してる」

「自業自得《じごうじとく》という言葉を知っておるか。今のお主がまさにそれじゃ」

鼻を鳴らしたサシャから指摘され、クレスは沈黙する。

だがやがて、彼は呟《つぶや》くように言った。

「自業自得か。確かにそうかもな」

珍《めずら》しく殊勝《しゅしょう》なことを言うクレスにルインが眉《まゆ》を顰《ひそ》めると、

「――だが、それも過去のこと」

彼は、まるで勝利が見えたとばかりに、再び壮絶《そうぜつ》な笑みを浮かべた。

「ルイン、お前が調子に乗るのは、ここまでだ」

直後、足を踏み出そうとするクレスに、ルインが対応しようとした。

まさに、その刹那《せつな》。

「……ッ⁉」

背筋が、ぞわりと粟立《あわだ》った。

反射的にクレスではなく、すぐ後ろを振《ふ》り向くと、槍の柄を盾《たて》のようにして構える。

それはいわば勘《かん》ともいうべき、ルインが長年培ってきた経験から無意識にとった選択《せんたく》だった。

そして――次の瞬間、正解であったと、身を以《もっ》て知ることとなる。

凄《すさ》まじい激突《げきとつ》音と共に、孔滅の槍が何かを受け止めた。

背後から高速で突き上げて来る『物』を見て、ルインは驚愕《きょうがく》する。

地面から、幾つもの剣が飛び出ていた。

ひしめき合うようにして密集するそれは一つの明確な殺意として、ルインに牙《きば》を剥《む》いている。

「これは……」

ルインがわずかに呆然《ぼうぜん》としていると、後ろから舌打ちが聞こえて来た。

「無駄に鋭い感覚をしやがって。素直《すなお》にやられておけばいいものを」

やがて剣の群れが音もなく引っ込んでいくのを確認し、ルインが再び前を向くと、クレスはその場から一歩も動かず、不快そうな顔で立っている。

恐らく先ほど攻撃するような素振《そぶ》りを見せたのは、ルインの注意を自分に向ける為だったのだろう。

「今のは君がやったのか、クレス」

が、ルインの質問に、彼は厭《いや》らしい笑《え》みを浮かべながら頷《うなず》いた。

「……まさか、今のが魔剣か？」

【剣聖】のスキルにあのような効果を持つものはない。だとすればそこに行き着くのが自然だった。

「まあ、バレてしまった以上は仕方がないか。そうだ。ロディーヌから貰った魔剣の力だ。

地面であれば、任意の場所に無尽蔵《むじんぞう》に刃を出現させることが出来る。便利だろ？」

なるほど、とルインは胸中で納得《なっとく》する。

だからこそ彼は、エリカの時も今も、魔剣をわざわざ下に突き刺したのだ。恐らくはそれが効果を発動する条件なのだろう。

「私がやられたのもあれのせいだったのですね。……背後から奇襲《きしゅう》をかけるとは卑怯《ひきょう》な」

エリカが悔しがるように言うのに、クレスは「おいおい」と心底から馬鹿にするようにして答えた。

「卑怯？　真剣《しんけん》勝負の場においてそんな言葉は敗者の戯言《たわごと》だろ。いかに相手の隙《すき》をついて致命傷を与《あた》えるかが肝要《かんよう》なことくらい、少し戦いを齧《かじ》った奴でも知っていて当然だと思うがな」

「……くっ」

誠《まこと》に残念ではあるが、クレスの言い分は的を射ている。

切った張ったの場において卑怯卑劣《ひれつ》と口にすることに、正しさは存在しない。己《おのれ》の矜持においてそれを保つのは評価するところではあるかもしれないが、絶対的に、誰もが遵守《じゅんしゅ》しなければならないことではなかった。

「ルイン、お前はどうだ。なにか言いたいことでもあるのか？」

いかにも『あるなら聞くが』といった態度で尋ねて来るクレスだが、半ば答えを予想してのことだろう。

彼の思い通りになるのも引っかかるが、ルインは変に取り繕《つくろ》わずに答えた。

「特にない。互いに互いが持つ全てをかけて取り組むべきだ」

「その通り。よく分かってるじゃないか。さすがオレの幼馴染だ」

こんな時だけ都合良く親しげな素振りを見せて——クレスは自らの剣を肩《かた》に担《かつ》いだ。

「というわけで……試合再開だッ！」

彼の叫びと共に、ルインの周囲から次々と剣が生え始めた。

それらは驚くべき速度で床から突出《とっしゅつ》すると、その鋭い切っ先で狙《ねら》いを定めてくる。

ルインは素早《すばや》く避けていくが、移動した場所からも剣が出現してくる為、対策をとる余《よ》裕《ゆう》がない。

無尽蔵というからには破壊《はかい》しても無駄だろうと踏み、息つく間もなく攻《せ》め立てて来る殺意の群れに、防御《ぼうぎょ》するだけで精一杯《せいいっぱい》になっていた。

その隙を逃《のが》すクレスではない。

「どうしたルイン。オレ以外に夢中になってる場合か⁉」

撃《う》ち出された砲弾《ほうだん》の如き勢いで突っ込《こ》んでくると、彼は常人であれば視認《しにん》不可能なほどの一撃を、容赦《ようしゃ》なく幾度も繰り出してきた。

それらを受け止めながらも、断続的に襲《おそ》ってくる無数の剣にも意識を割《さ》かなければならない。今のところはどうにか反応出来ているものの、このまま続けばいずれ限界が来ることは明らかだった。

幾度目になるかも分からない剣の出現を跳《と》んでかわし、着地すると、ルインは息をつく。

（クレスが魔剣の使い手に選ばれるわけだ。【剣聖】とこれほど相性《あいしょう》の良いものはない）

高速の剣が至るところから突出し、狙いを定めてくる。それはたとえるなら、クレスが分身し、大勢で一斉《いっせい》に攻め立ててくるようなものだ。

加えてその間を縫《ぬ》って意思ある本体が卓越《たくえつ》した動きで迫ってくるのだから、並の人間では――いや、S級の冒険者《ぼうけんしゃ》ですら対応するのは難しいかもしれない。

（魔刃騎士の筆頭になるだけはある、か……）

一体、どういう手を打つべきか。ルインが考えあぐねていると、

「さすがにルインもあれは無理だよ。助けに入った方がいいんじゃない」

見兼《みか》ねてリリスが発言するのに、エリカも「そうですね！」と同意する。

「あんな力、無茶苦茶《むちゃくちゃ》です。今回は試しが無効になってもいいから、私達全員で手を貸しましょう。あの男、あのままでは本気でルインさんを殺しかねません」

「――いや、待て。まだ早い」

　が、サシャが努めて冷静な声でそれを制した。

「ルインが自らの意志で助けを求める前に介入《かいにゅう》することは、わらわが許さぬ」

「そんなもの、あいつが意地張って戦い続けたらどうするのよ⁉」

　アンゼリカの反論に、サシャは「分かっていないな」と揺《ゆ》らぎない口調で答えた。

「ルインはそのような男ではない。このままでは無理だと悟《さと》ればつまらぬ矜持など捨て我らを頼《たよ》るであろう」

「……そうね。サシャの言う通りよ。ルインは昔からそういう人だもの。彼は本当にダメだと思ったら素直に認めて、違う方法を模索《もさく》するわ」

　セレネもまた確信めいたことを口にする為、リリスはわずかに戸惑うように言った。

「え、と。じゃあ、つまりルインが何も言ってこないってことは……？」

「――まだ絶望的ではない、ということじゃ」

　そんな、サシャ達のやりとりを聞いていたクレスが、やがて余裕を見せるように語り掛《か》けて来る。

「まったく、過剰《かじょう》な期待をかけられて困るよなぁ」

　ルインの心中を、全て見抜いているとでも言うように。

「お前は内心じゃ、もう諦《あきら》めてるんだろ？　どうしようもないって。だが仲間の……セレネの前じゃ格好がつかないからって無駄《むだ》な抵抗《ていこう》を続けてる。可哀想《かわいそう》にな。今までなんとかやって来れたそのツケが回って来たってことか」

クレスが手を振ると、再び大量の剣の群れが襲ってくる。

ルインが無言でそれらを退け続けている間も、彼は話を止めなかった。

「とっとと受け入れろよ。もうお前の負けだ」

クレスは光の波動を打ち放ち、ルインがそれを瀬戸際《せとぎわ》で回避すると、すぐさま目にも止まらぬ速度で押《お》し迫《せま》ってきた。

「泣いて土下座して、俺《おれ》に許しを請《こ》え」

大上段から振り下ろされる剣を、ルインは手に持った槍で受け止める。

「今までごめんなさい、ぼくが間《ま》違《ちが》ってましたって言えよ。そうすれば半殺し程度で勘弁してやる」

クレスは腹の底から愉快《ゆかい》そうに顔を歪《ゆが》めて、悪意のままに声を上げた。

「さっさとしろよ！　お前はそういう立場がお似合いなんだよ！」

ルインはそれを真っ向から見返しながら、呟く。

「……哀れだな、君は」

「オレのことなんて忘れれば良かったんだ。追い出したことも負けたことも全部忘れて違う人生を送れば良かったんだ。そうすれば時間はかかるかもしれないが、君ほどの力があればいくらでもやり直せた」

「ああ⁉」

「なにを言って――」

「いつまでもオレなんか追っているからそうなる」

クレスを強引《ごういん》に押し返し、ルインはわずかに下がると勢い良く跳躍した。

「もうオレの方は君を見てないんだよ、クレス」

目の前に生まれた闇《やみ》深き炎《ほのお》から、別の武器を取り出す。

黒き煌《きら》めきを宿す弓の弦《げん》を引き絞《しぼ》り、矢を放った。

クレスは目を見開き、慌《あわ》てたように後方へと退いた。

虚《こ》空《くう》を貫く矢はクレスではなく床を直撃《ちょくげき》し、爆炎を上げる。

続けて何発か放つと、四方に散って同じように爆撃《ばくげき》を巻き起こし、砕《くだ》いた破片《はへん》を舞《ま》い上げて周囲に散らした。

「なんのつもりだ……？」

クレスの問いに答える義務などない。ルインは床に降り立つと、そのまま彼に向けて移動を開始した。

「ふん。まあいい。無駄な足掻《あが》きだ。何をしてもお前の負けは決定しているんだからな！」

クレスが言って手を振ると、ルインの周囲にある床から再び剣が飛び出してくる。

が、ルインはそれらを今度は避けることも、防ぐこともしなかった。

いや、その必要がなかった、といった方が正しいだろう。

なぜなら——現れる寸前に進む方向を変える為、当たることを心配する必要がなかったからだ。

「なっ……!?」

目の前で起こっていることが信じられないといった様子のクレスに、ルインは尚《なお》も迫っていく。

「そ、そんなことがありえるはずはない！　どういうことだ!?」

彼は顔色を変え、尚も魔剣の力によって剣を生み出していくが、先程《さきほど》と状況《じょうきょう》は変わらなかった。まるで剣の群れがルインの姿を見失ったようにして、次々と虚しくも空を貫いていくだけだ。

「無駄だ。どこから剣が現れるか、オレは分かっている」

断言するルインに、初めてそこで、クレスは怯《おび》えたような顔を見せた。

次いで彼は逃《に》げるように走り始めるが、狭《せま》い試合場では意味のない行為《こうい》だ。

「……まさか。ルイン、お主、その為に先程の攻撃を……!?」

サシャが全てを理解したというように、驚嘆《きょうたん》の声を上げた。

「な、なによ。あたし、全然意味わからないんだけど!?」

「同じく」

「サシャ、どういうことなの？」

アンゼリカ達から問われて、サシャはすぐに答えた。

「あやつ、矢を手当《てあ》たり次第《しだい》に打って床を破壊し、多くの瓦礫《がれき》を撒き散らしておったじゃろう。それらが全て床に落ちた場合、どうなると思う」

「どうなるって……別にそれだけのことじゃ……」

「……あ。もしかして」

未だに理解できないといった風のアンゼリカに対して、リリスが気付いたように言った。

「剣が床から出現する時、ルインより先にそれに当たる……？」

「――正解じゃ」

楽しくてたまらない。そんな風に返して、サシャは笑った。

「ルインは剣が瓦礫に当たる時に生じる、ほんのわずかな音を耳で捉えて出現場所を見抜き、瞬間的《しゅんかんてき》に反応して走る方向を変えておるのじゃ。まったく。大した男よ！」

「は、はあ⁉　あたしには全然聞こえなかったけど⁉　そんな小さな音をあの場で聞き分けられるわけ⁉　ただの人間が⁉」

ありえるはずがない、と悲鳴に近い声を上げるアンゼリカだったが、セレネは戸惑いつつも呟く。

「いや、あの……まあ、ルインなら、ありえるかも……」

仲間達の会話を聞き、クレスが目に見えて絶望的な表情をさらす。

「ふ、ふざけるなよ。お前にそんなことが……お前にそんなことが出来てたまるか、ルイイイイイイイイイイイイインッ――！」

次いでクレスは足を止め、手を頭上に掲《かか》げた。

途端《とたん》、彼の目の前に、次々と剣が突《つ》き出し始める。

それらは瞬きする間もなく数十、数百、いや数千と増殖《ぞうしょく》していき、まるで刃の山を築くようにして持ち主の前に屹立《きつりつ》した。

「どうだ。これなら手を出すことも出来ないだろう⁉　少し頭を使ったところでお前程度じゃそこが限度――」

「魔装覚醒」

声色《こわいろ》一つ変えず、ルインはスキルを発動し、炎から望んだ武器を取り出す。

長い金属製の筒《つつ》を腕《うで》に装着し、嵌《は》め込まれた宝玉に触《ふ》れると、その色は碧《あお》へと変化した。

『集中砲撃《ほうげき》可能。現在の段階は《海竜級《かいりゅう》》です』

託宣《たくせん》の内容を見るや否《いな》や、その先端《せんたん》をクレスに向ける。

「喰《く》らいつけ。【海竜《かいりゅう》の咆哮《ほうこう》】」

鼓膜《こまく》を破らんばかりの強烈《きょうれつ》な音が、その場に轟《とどろ》いた。

激流の如き水が吐き出され、剣の群れを物ともせずに吹《ふ》き飛ばし、全てを粉微塵《こなみじん》にする。

「……は……？」

後に残されたのは呆然と佇《たたず》むクレスだけだった。

ルインは同時に、耐《た》えきれない反動で自らの体が遥《はる》か後方へと飛んでいくのを感じる。

だが、以前に試《ため》した通り、一段階目では《海王級》ほどの強さはない。

（これなら……ある程度、体の自由も効く！）

すぐさま真下に砲身《ほうしん》を向けると、口を開く。

「喰らいつけ、【海竜の咆哮】！」

再び水流が射出され、地面を穿《うが》つ。その反発を活《い》かしてルインは真上へと移動した。

天井近くまで舞い上がったルインの目に、クレスの後ろにある床に突き刺《さ》さった魔剣が見える。

彼はルインの考えを悟ったように、それを確保しようと走った。

だがその前に、ルインは目の前の託宣に触れる。

『機能変更《へんこう》。連続射撃《しゃげき》可能』

次いで砲筒を持ち上げて狙いを定め、射撃。

先端から連続的に吐き出された水球が凄まじい速さで走り、魔剣に当たると弾き飛ばした。

魔剣は回転しながら明後日の方向へと舞い、試合場の外に落ちる。

「やっぱり、その剣は地面に突き刺した状態じゃないと効果を発揮しないみたいだな」

着地しながらルインが言うと、クレスは焦《あせ》ったような顔で、魔剣を取りに行こうと走り出す。だがその隙を見逃《みのが》すはずもなかった。

「【王命天鎖《おうめいてんさ》】ッ！」

炎から別の武器を取り出し、それを投擲《とうてき》する。

【獣王の鉄槌《てつつい》】と呼ばれる鎖付きの鉄球がどこまでも伸《の》びていき、魔剣を直撃すると、一旦宙へと上げて鎖を巻きつける。

ルインは柄を引き、鉄球を手元に戻《もど》すと、そのまま魔剣も回収した。

「ぐっ……く……！」

自慢《じまん》の剣を奪い取られたクレスは、破裂《はれつ》するのではないかと思うほどに額に怒《いか》りの血管を浮《う》かべる。

「どうする。参った、と言えばこの試合は終わるけど」

そこでルインに訊《き》かれて――彼はついに、ぎりぎりで保っていた理性を決壊《けっかい》させた。

「く……クソがああああああああああああ！　ルイイイイイイイイイイイイイイイインッ!!」

スキルを発動。超高速《ちょうこうそく》による移動で攻撃を仕掛《しか》けてくる。

だが、そんな全てを投げ捨てたような雑なやり方が、ルインに通じるはずもなかった。

「そうか、分かった」

ルインは【獣王の鉄槌】を消すと、代わりに【破断の刃】を取り出し、握る。

クレスが憎《にく》しみのままに振るった横薙《よこな》ぎを容易にかわし、彼の懐《ふところ》へ飛び込むと、

「――君とはここまでだ、クレス」

渾身《こんしん》の力を込めた一撃を、躊躇いなく喰らわせた。

「ごぶっ……！」

白目を剥いたクレスは無造作に後方へと吹き飛び、試合場の壁へまともに衝突《しょうとつ》した。

そのままゆっくりと倒れて――床に伏《ふ》す。

その後、しばらく待ってはみたが、起き上がる気配はなかった。

「……やれやれ。なんとかなったな」

ルインは一息つくと、手に持っていた長剣を消す。

「す、素晴《すば》らしい試合でした。ルインさんが勇者ではないということが信じられません」

感極《かんきわ》まったように、エリカが震《ふる》える声で言った。

「ほら、見たことか。ルインなら平気じゃと申したであろう」

サシャは当然のようにして告げるが、アンゼリカがふと気づいたように声をかける。

「いやでもあなた、掌《てのひら》が汗《あせ》でびっしょりだけど」

「んなっ――⁉　そ、そのようなことはないぞ⁉」

「嘘《うそ》ついてんじゃないわよ。まあ信用はしていたけど、だから何の心配もしてないかって言われれば、そんなことないわよね。分かるわ。泰然《たいぜん》としているようでずっとハラハラしてたのよね」

「し、しておらぬ！　決してそのようなことは！　わらわはずっと王として盤石《ばんじゃく》の構えをもって試合の成り行きを見守っておったわ！」

「素直になればいいのに。それだけルインを大事に思ってるってことなんだから」

「リリスまでなにを言うか⁉　いやまあ、ルインは確かに大事じゃがそれは相棒としてということでじゃな。決してその、なんというか……」

「……やっぱりサシャもルインのこと……」

「な、なんじゃ、セレネ。なにか言いたいことでもあるのか⁉」

仲間達の安堵《あんど》から来る平和的なやりとりに、ルインは緊張《きんちょう》から解き放たれて笑みを零《こぼ》した。

と――そこで、傍《かたわ》らに転がっていた魔剣の様子が変化したことに気付く。

いつの間にか、まるで風に吹かれた砂塵《さじん》のように、その姿が消え去っていた。

（クレスが敗れたからか……？）

考え込んでいると、試合場の扉《とびら》が重々しく開き、兵士の声が朗々と響《ひび》く。

「ロディーヌ様より伝言です。力の試しは終了《しゅうりょう》。皆様方《みなさまがた》との対面を許すとのこと！」

驚いて、ルインを含《ふく》めた全員が振り返った。

「なに。さっき勝負がついたばかりじゃぞ。もうロディーヌに伝わったのか」

サシャの質問に兵士は手に持った槍《やり》で地面を突いて、

「ロディーヌ様は貸与《たいよ》した魔剣を通し、試合の様子を見ておられました。彼のお方は、ルイン様に大層興味を抱《いだ》かれたようです」

「……オレに？」

「はい。今すぐに自分の元へ連れて来るようにというご命令です。至急、謁見《えっけん》の間までお越《こ》しくださいますよう、お願い申し上げます！」

頭を下げる兵士に、ルインはサシャ達と目配せする。

が、ロディーヌの考えがどうであろうと、彼女《かのじょ》と対面し話すことには変わりなかった。

「……わかりました。ご案内、宜《よろ》しくお願いします」

ルイン達は兵士の先導により——目的を果たす為《ため》、ようやく城内へと足を踏み入れたのだった。


オルダンは他の仲間と共に、薄闇《うすやみ》の中でひたすらに吉報《きっぽう》を待ち続けていた。

ルイン達がロディーヌの元へ行くと言ってから、どれほどの時が経《た》ったことだろうか。

一分が何時間にも思えるほど、自分の心が不安に満ちていることを感じる。

「ねえ……あの人達、大丈夫《だいじょうぶ》なのかしら。投獄《とうごく》されている人達を助け出せるかしら」

不意に仲間の一人が言い、その気持ちは場に居る全員に伝播《でんぱ》していく。

「なにせ相手はロディーヌ様だからな。エリカさんの話によればあのルインさん達はかなりの実力者であるようだが……」

「それでも通じるかどうか。話し合いでどうにかなるような方とは思えないし」

「……もしエリカさん達まで失敗すれば、わたし達、もうダメなんじゃない？」

口々に言い交《か》わす大人達を見て、子ども達も状況が良く分からないなりに不穏《ふおん》さを感じ取ったのか、今にも泣きそうな顔を見せた。

「よさないか。子ども達まで恐《こわ》がっている」

注意を飛ばすもオルダン自身、絶対的な自信があるかというとそうではない。

ただ己の中にある弱い心を、必死で抑《おさ》えつけているだけだ。

きっと問題はない。上手《うま》くいく。これで、上級国民によって理不尽《りふじん》な暴力と圧制にさらされてきた日々は、終わりを迎《むか》えるのだと――。

その時だった。扉が控《ひか》えめに叩かれる。

オルダン達は思わず顔を見合わせた。

しばらく警戒して成り行きを見守っていると、扉は再度、控えめに叩かれた。

辺りに配慮《はいりょ》するようなそのやり方に訪問者に悪意はないように思えて――オルダンは小さく問う。

「……どなたでしょう？」

間もなく、声は返ってきた。

「ロディーヌ様からの遣《つか》いの者です」

誰《だれ》かの小さな悲鳴が響き、室内にさざ波の如きどよめきが広がり始める。

居場所がばれてしまったという恐怖《きょうふ》からオルダンもまた血の気が引くのを感じたが、訪問者は次いで予想外の発言をした。

「エリカ様達との交渉《こうしょう》が終わりました。ロディーヌ様からのお達しです。投獄されていた者は全員解放し、あなた方にも自由を与えるとのことです」

室内は打って変わって静寂《せいじゃく》に満たされる。誰もが、訪問者の言ったことの意味を把握《はあく》するまでの時間を必要としていた。

だがやがて、オルダンはおずおずと声をかける。

「で、では、我々はなんのお咎《とが》めもなしに街を出て良いと……？」

「そうです。ついてはロディーヌ様が今までの非礼を詫《わ》びたいとのことで、皆様方を城へ招待なさっております」

信じられない。オルダンは夢を見ているような気持ちに包まれた。

仲間達の様子を見ると彼らもまた、惚《ほう》けたような表情をしている。

だが、やがて実感が湧《わ》いてきたというように、皆《みな》の顔に笑みが浮かび始めた。

「なんということだ……さすが、エリカさん達だ」

無謀《むぼう》ともいえるような目的を達成したのだ。オルダンは強く手を握り、拳《こぶし》を掲げた。

途端、許しを得たようにして、周りの皆からも歓声《かんせい》が上がる。

「申し訳ありませんが、ここを開けて頂けますか？　皆さんを馬車で城までお送り致《いた》します」

「あ、ああ、そうですね。承知しました」

訪問者を放置していたことに気付き、オルダンは慌てて扉に飛びつくと、それを開けた。

外には、ローブを目深《まぶか》に被《かぶ》った人物が立っている。フードをとって顔を露《あらわ》にすると、人間のような顔立ちをした男だった。

彼は室内に入ってくると、人好きのするような笑顔《えがお》を見せる。

「あ、あの、それでエリカさん達はどのようにしてロディーヌ様に我らのことを……？」

誰もが聞きたがっているであろうことを尋《たず》ねたオルダンに、男は頷いた。

「ええ、もちろん、お話し致します。その為に皆様、もう少し一か所にお集まり頂けますか？」

言われた通りにオルダンを中心にして、周りの者達が寄ってくる。

それを見て男は「よろしい」と告げて、手を挙げた。

「それでは用意はいいですね。これから……始めましょう」

そこで不意に――。

オルダンは奇妙《きみよう》なものを、感じた。

なにが、と問われても容易には答えられないだろう。

だが、形を捉えようのない、気持ちの悪い……たとえるならば、虫のようなものが口を通って体内に入り込んだような。

「貴方方には、これから重要な役目を担《にな》って頂きます」

男の声がどこか遠い。いや、近いのか。それすらも判別がつかない。

籠《こも》っていて、それでいて鮮明《せんめい》で。

彼の姿も目の前に居るようで、遥か遠方に居るようで。

次第に朦朧《もうろう》としていく意識の中で、オルダンは、その言葉を聞いた。

「ご安心ください。――皆様を、苦しみから解き放つだけですから」


謁見の間は、想像していた以上に広い場所だった。

だが床を厚手の絨毯《じゆうたん》が覆《おお》っているだけで、他は驚くほどに物がない。

ルインとてさほど経験があるわけではないが、通常こういった空間には国を象徴《しようちよう》するような紋様《もんよう》の刻まれた旗や、部屋を飾《かざ》り立てる調度品の類いがあるものだ。

しかし、周囲は頑強《がんきょう》な石壁《いしかべ》に囲まれているだけで、寒々とした、殺風景と言えるほどの空気感が漂《ただよ》っていた。

「気になるか」

周りの様子を確認《かくにん》していたルインは、そう声をかけられる。

視線を前に移すと、かつては人間の王がいたであろう玉座に、一人の女性が堂々と腰かけていた。

黄金色《こがねいろ》の滑《なめ》らかな艶《つや》のある髪《かみ》を、手入れなど不要とばかりに無造作に伸ばしている。ぞっとするほどに青白い肌《はだ》に、切れ長の目は刃物のように鋭《するど》く、小さく膨《ふく》れた唇《くちびる》は血のように赤かった。

頑強な全身鎧《よろい》に身を包み鷹揚《おうよう》に構える様は、魔族《まぞく》の王というよりは、騎士《きし》の君主と呼ぶ方が相応《ふさわ》しいように思える。

外見は人間そのものだが、頭から生える獣に似た二つの耳が、彼女が魔族であることの何よりの証左であった。

「この部屋が謁見の間にしてはいささか簡素に過ぎると、そう思うか？」

女性――ロディーヌは抑揚《よくよう》のない声色でそう問うてきた。ルインの失礼な振る舞いを怒《おこ》っているのでもなく、殊更《ことさら》に己の嗜好《しこう》を披露《ひろう》しようというわけでもなく。どこか、なにを答えるかを試しているように思えた。

「まあ、そうだな。地味と言えば地味かな、と……」

変に気を遣うことは望まれていない。そう踏んだルインが正直に答えると、ロディーヌではなく傍らに居た数人が動いた。

人間と魔族、男と女が入り交じってはいるが、いずれも年若い、鎧を身に着けた者達だ。腰にはそれぞれ長剣《ちょうけん》を下げている。恐《おそ》らくはクレスと同じ、彼女直属の魔刃騎士だろう。

「ロディーヌ様に対してそのような物言い。不敬に値する」

内の一人が剣の柄《つか》に手をかけた。

「よさぬか」

だがロディーヌからそう制され、彼は反論をすることもなく敬礼すると、引き下がる。

「面白《おもしろ》い男よ。私の圧にも屈《くっ》することなく平然とのたまうとはな」

嫣然《えんぜん》とも思えるような笑みを浮かべると、ロディーヌは肘掛《ひじかけ》に頬杖《ほおづえ》をついた。

「私は無駄なことが嫌《きら》いでな。部屋を飾り立てるなどその極《きわ》み。金になるのであれば芸術品も扱《あつか》うが、部屋において愛《め》でるような趣味は持ち合わせておらぬ」

「旗が無いのも、その為か？」

「いや。権威《けんい》の象徴など下らぬものだからだ。仮に見下されようがひとたび力を見せればどうせ従う」

「……なるほど」

独特の感性の持ち主であるようだ。完全なる実利主義者であり、同時に己の強さに絶対的な自信を持っている。他へ喧伝《けんでん》し圧力をかける必要を感じないほどに。

「さて、汝《なんじ》はルインと申したか。他がサシャにリリス、アンゼリカにセレネ。ルインとセレネ以外は魔族……いや、魔王《まおう》であると」

「その通り。わらわは【死の魔王】と呼ばれた最古の者。お主は六代目であるそうじゃな?」

サシャが言いながら、ルインの隣《となり》に並ぶ。

「いかにも。此度《こたび》は世界最初の魔王に目通り叶《かな》い、恐悦至極《きょうえつしごく》といったところか」

言葉とは裏腹にその口調にはサシャを尊重する響きはなかった。自分自身とその利益になる者以外には一切《いっさい》の興味も敬意もない。そういった心中が伝わってくる。

「私はロディーヌ。【剣永《けんえい》の魔王】と呼ばれた存在。その心に刻むが良い」

「【支海《しかい》の魔王】アンゼリカよ。どうでもいいけど、なんでそんな偉《えら》そうなのよ。ルイン達《たち》人間はともかく、あたし達とあなたは同じでしょ。しかも先達でもある。ちょっとくらい礼儀《れいぎ》を払《はら》ったら?」

アンゼリカが腰に手を当て、不愉快《ふゆかい》そうに言うと、ロディーヌは口元に浮かべた笑みを深めた。

「すまないな。生まれつきこうなのだ。それに――魔族たるもの、生まれが先かどうかではなく、どちらが強いかで決めるべきではないか？」

「……つまり、あなたは私達より強いから、折り目正しくする必要はないってこと？」

リリスが首を傾《かし》げると、ロディーヌが躊躇《ためら》いなく頷く。

「そう。理解が早くて助かる」

「聞き捨てならんな。お主の力がどのようなものかは知らぬが、直接戦ってみもせずにそのようなことを言うか」

爆発《ばくはつ》するような音と共に、サシャの身から漆黒《しっこく》の炎が舞い上がった。それは謁見の間の高い天井《てんじょう》すら焦《こ》がす勢いで燃《も》え盛《さか》っていく。

騎士《きし》達が身構えたが、ロディーヌはまるで動じていなかった。

「確かにそうだ。しかし逆を言えば戦わない内であれば勝敗はついておらぬ。私の方が優《すぐ》れている可能性もあるだろう？」

「ふん……だったらやってみる？」

アンゼリカが呼び出した三又《みつまた》の矛《ほこ》を振《ふ》るうと、彼女の周囲を水が渦《うず》を巻く。

「おい、よせよ、二人とも。オレ達にはやることがあるだろ。こっちから仕掛けたら何にもならない」

ルインが止めると、二人は不満そうにしながらも、それぞれの権能を消した。

「ふん。魔王使いか。名の通り、よく魔王を飼い慣らしているようだ」

が、再びロディーヌがサシャ達を苛立《いらだ》たせるようなことを口にした為、ルインは急いで言い返す。

「勘違《かんちが》いするなよ。サシャは相棒だし、リリスとアンゼリカも協力してもらっているだけだ。テイムはしたけど奴隷《どれい》じゃない。仲間だ」

「仲間、か。都合の良い言葉よな。実質は力による圧制であろうよ」

「ルインをあなたと一緒《いっしょ》にしないで。彼は一度も私達に無理やり何かをやらせようとしたことはない」

リリスの言葉にサシャもまた続いた。

「こやつは底抜《そこぬ》けのお人好《ひとよ》しよ。しかしだからこそ我らは従わされるのではなく、同じ立場で力を貸しておる」

「……ふむ。奇妙な人間だ。魔王を隷属化《れいぞくか》できる力を持ちながらそのような精神をもてるとはな。私には理解できん」

呆《あき》れたようにわずかな息をつくとロディーヌは、そこである人物に目を止めた。

「そこにいる女は……どこかで見たな」

視線を受けて、エリカは答える。

「覚えて頂いて光栄ですね。私はエリカ。以前、あなたと戦った者です」

「ああ……そういえば、そんなこともあったな。以前に我《わ》が城を攻めて来た勇者の一人か。

……くく。どいつもこいつもあまりに脆弱《ぜいじゃく》であったが故《ゆえ》、先程まで忘れておったわ」

嘲《あざけ》るような物言いにエリカが唇を噛《か》み締《し》めた。が、ここで怒っても何にもならないと思ったのかそのまま堪《こら》える。

「ロディーヌ。オレを通したということは、話を聞いてもらえると思っていいのか」

ルインが本題に切り込むと、ロディーヌは鷹揚に頷《うなず》いた。

「ルイン、部下から聞いているだろうが、我が騎士クレスとの戦いは、魔剣《まけん》を通して全て見ていた。端的《たんてき》に言って素晴らしいものであったと言えよう。アレも人間にしてはやる方であったが、汝の実力はそれを遥かに超《こ》えていた」

「……どうも」

「私は強き者を好む。強さとは生き抜《ぬ》く武器だ。世を発展させる力だ。強者こそが世界に存在する価値のある者。声を上げることが出来る者。よってルイン、私は汝に会うことを許した。して……私に何の用だ？」

「単刀直入に言う。この城に投獄されている罪のないヒト達を解放し、この街を出たいという者達にそれを許してくれ」

「罪のないヒト？　これは異なことを言うな。罪があるからこそ償《つぐな》う為に牢獄《ろうごく》に閉《と》じ込められているのではないのか」

「本来であればそう。でも、あなたはこの街から出たいというヒト達まで捕《と》らえているのよね。それはあまりに理不尽だわ」

セレネが発言すると、ロディーヌは感情の宿らぬ目で彼女を見る。

「理不尽？　なぜだ。奴《やつ》らは私の定めた法を破ろうとしたのだ。それを裁いて何が悪い」

「法律だからってなんでもかんでも正しいわけじゃないわ。誤ったものは是正《ぜせい》するべきだし、それで間違いを犯《おか》したのであれば見直すべきよ」

「誤ちや間違いを、誰が決める」

「それは……裁きを実際に受ける市民や国民よ」

「ならば奴らが自分勝手な都合で解釈《かいしゃく》し、そう主張することも出来る訳だな。この法は己《おのれ》にとって具合が悪いからなくす、もしくは改善すべきだと」

「極論だわ。今回に限っては誰にとってもあまりに暴力的で――」

「誰にとっても？　私にとってはそうでないが。汝は一部を拡大解釈しようとしてはいまいか？　そうして総合的な意見と称《しょう》して私を糾弾《きゅうだん》しようというのか？」

ロディーヌの反論にセレネは押されたように黙《だま》り、そのまま顔を伏せた。上手い返しが思いつかないようだ。

「まともに捉《とら》えるなセレネ。こやつはお主をからかっているだけじゃ。法が正しいと言うのであれば、間違っているという者の意見も取り入れ、然《しか》るべき反論をするべきじゃ。精査もせず権力を行使し押し潰《つぶ》すのは、どう考えてもおかしい」

が、サシャがそう言うと、セレネは顔を上げた。

「加えて言うなら、その法律が嫌《いや》だというのであれば国を出て行く権利は与《あた》えるべきじゃ。それすらも許さんというのは単なる横暴に過ぎぬ」

「……ほう。中々言うではないか、死の魔王」

少し興味が惹《ひ》かれたように、ロディーヌはサシャに答えた。

「汝の言う通り。私が行なっているのは独裁。反抗《はんこう》を許さぬ絶対的な権力統治よ」

「分かってるならとっととやめなさいよ。あなたのやり方で迷惑被《めいわくこうむ》ってる連中がいるの。王なら人に言われるより前に、臣下の心情くらい理解して対処しなさいよね」

アンゼリカは強い眼差《まなざ》しのまま、ロディーヌを指差す。

己を慕《した》う者達への深い愛情をもつ彼女らしい意見だ。だが、

「――不要」

ロディーヌはそう断じた。

「弱者の意見など聞く耳を持つ価値はない。奴らは強者の恩恵《おんけい》で生きさらばえているのだ。ならばその自覚を持ち奉仕《ほうし》することが道理。それはここだけでなく、どこに行っても同じこと。いわば世界の法である」

彼女は凍《こお》り付くような笑《え》みを浮かべて、

「ならば――ここに居続けたところで、変わりはあるまい？」

その、己の考えになんの疑問も抱いていないかのような振る舞いに、ルイン達は息を呑《の》んだ。

「……全部、何もかも分かっていて、それでも構わずやっているってこと。性質が悪いね」

やがてリリスが呟《つぶや》くと、ロディーヌは笑い声を上げた。

「たちが悪いか。なるほどその通り。して……ルイン？　そのたちの悪い王に対して、汝は次にどうする？」

どこか挑発的《ちょうはつてき》な物言いだった。どう来たとしてもこちらはどうとでもなる、とでも含むように。

「出来れば話し合いでどうにかしたかった。でも、あくまでも君が考えを変えないというのなら仕方ない」

ルインは眼前に手を翳《かざ》し、【魔装の破炎《まそうのはえん》】を呼び出した。

黒き炎の内部で生成された長剣を手にし、握《にぎ》りしめて引き抜く。

「――君を倒《たお》し、強引でもこの街の虐《しいた》げられているヒト達を解放する」

得物の切っ先を真《ま》っ直《す》ぐに突きつけると、ロディーヌは口元を裂《さ》けるように歪めた。

「やはりそう来るか。面白い。有難《ありがた》く思え。汝の力、今一度確かめてやろう」

ゆっくりと立ち上がると、彼女はその手を挙げる。

「来い！　我に従いし魔刃の騎士達よ！」

その言葉に、左右に控えていた四人の騎士が前に出た。

同時に、背後で扉が開く音がする。

ルイン達が振り返ると、そこには更《さら》に二人の騎士が立っていた。

一人は魔族の男性。刈《か》り上げた髪に武骨な顔つき、他の者と同じ鎧を身に着け、背に巨《きょ》大《だい》な剣を負っていた。その肌の一部には鱗《うろこ》が生えている。

そして、もう一人は人間の女性。

薄赤《うすあか》い髪を肩《かた》の辺りまで伸ばしており、團栗《どんぐり》を思わせるような大きな目と丸みを帯びた顎《あご》が幼さを感じさせた。腰の左右には鞘《さや》に包まれた双剣《そうけん》を差している。

「……え？」

と――そこで、エリカが呆然《ぼうぜん》としたような声を出した。

目を見開いて、二人居る内の、女性の方を見つめている。

「どうしたんだ？　エリカ」

明らかにおかしい様子であった為、ルインが問うと、彼女はしばらく何も返してこなかった。目の前で起こっていることが、到底《とうてい》ありえないことであるというように。

棒立ちになったまま、じっと微動《びどう》だにしない。

が――やがて。

「……サナ……？」

エリカはか細い、消えるような声でそう言った。

「あなた……サナ、ですよね……？」

一歩。また、一歩と。

よろめくようにして、エリカは女性の方に近付いて行く。

「良かった……生きていたんですね。本当に良かった」

噛み締めるようにしてエリカが言うのに、

「サナ？　サナって……もしかして、エリカの仲間？」

リリスが思い出したように言った。

（そうか、彼女を逃がす為に魔王の城に残ったっていう……生きていたのか）

ルインはほっとする反面、違和感《いわかん》を覚える。

（だが、なぜエリカの仲間が魔刃騎士に？）

エリカもまた同じことを考えたのだろう。ふらふらと歩み寄りながら、虚《うつ》ろな声で尋ねた。

「でも、どうして……どうしてあなたがそちらに居るんですか？　魔刃騎士って、ロディーヌの部下なんですよね？　なにかの間違《まちが》いですよね？　そうなんですよね……？」

半ば、願うようなその問いに。

しかし女性は――サナは、首を横に振った。

「ううん。違うよ、エリカ。ワタシはロディーヌ様の配下。もう、あなたの仲間じゃない」

「どうして……!?」

声は悲痛なものへと変わり、エリカはサナにしがみ付くようにして、その両肩《りょうかた》を掴《つか》んだ。

「どうしてそんなことを!?　私と共に魔王を倒そうって、そう言って、一緒に村を出たじゃないですか!?　それなのに……！」

その訴《うった》えに、ルインは胸が痛むのを感じた。

（……そうか。彼女もオレと同じだったのか）

かつてルインもまた、クレスやセレネと共に打倒魔王《だとうまおう》を目指して故郷を旅立ったのだ。

だがその後、パーティを追い出されてしまった自分と違い、エリカはずっとサナと共に勇者として戦ってきたのだろう。

その仲間、いや、親友とも呼べる存在が敵側に居れば、彼女が混乱してしまうのも無理はなかった。

「おい、貴様。離《はな》れろ」

サナの傍らに居た男がエリカを引き剥《は》がそうとするが、彼女はそれを制する。

「いいんです。エリカは仲間でしたから。いつか事情を話さなければならないと思っていました」

そうして、ゆっくりとエリカを自分から引き離し――サナは告げた。

「エリカ。あなたを逃《に》がした後、ワタシはロディーヌ様と戦ったの。わずかでも抵抗《ていこう》出来ていれば、また違ったのかもしれない。でもね……全く敵《かな》わなかったの。勝つとか負けるとか、もう、そんな段階じゃない。抗《あらが》うことすら虚《むな》しくなるほど、力の差は歴然だった」

全てを諦《あきら》め、受け入れたかのような表情で。

「変だよね。ワタシ、魔王を倒せるなら死んだっていいって、そう思ってた。でも、いざ目の前に終わりが迫《せま》ると、すごく……すごく恐くなったの。これで全部なくなっちゃうんだって。仲間や、エリカと過ごす時間とか、自分の夢とか、美味《おい》しい物を食べることとか、そういう大切なものが全部消えるんだって思うと、本当に、震えが止まらなくなった」

彼女は淡々《たんたん》と、語り続ける。

「だからね。ワタシ、お願いしたの。ロディーヌ様に、許して下さいって。跪《ひざまず》いて、地面に頭を擦《こす》りつけて。なんでもするから、命だけは助けて下さい。殺さないで下さいって」

サナの顔には笑みが浮かんでいたが、喜びからくるものであるはずはない。

自己を確立する芯《しん》を折られ、這《は》い蹲《つくば》るしかなくなったのだ。

怒りも悲しみも失ってしまった者には、もう――。

全てを表すことに疲《つか》れ、ただ、笑うことしか出来なくなる。

「そうしたらね。ワタシの力だけは認めているから、自分の騎士になれってそう言われたの。……だから」

「だから？　だから魔王の軍門に下ったんですか⁉　そんな……そんなの……！」

「そうするしかなかったんだよ。あのね、エリカ。ここに来たってことは、あなたはまだ分かってないようだから、教えてあげる」

泣き崩《くず》れるエリカに、サナは慰《なぐさ》めるようにして言った。

「この世の中には、逆らってはいけないものがあるの。どんな想《おも》いがあっても、圧倒的《あっとうてき》な存在を前にしたら、従うしかないの。それがロディーヌ様の言うように……世界の法なんだよ」

「……サナ……」

小さく、親友の名を呟き。

やがて、エリカは床《ゆか》に、幾《いく》つもの涙《なみだ》の痕《あと》を残した。

何も言うことが出来ず、ルイン達は沈黙《ちんもく》したまま嗚咽《おえつ》を漏らす彼女の背を見つめる。

「……ルイン、エリカさんはもう無理よ。戦えない」

やがてセレネが言った。リリスもアンゼリカも、言葉にすることはないが同意するというような表情を見せる。

そうかもしれない。ここで立ち上がることが出来ずとも仕方がないのかもしれない。

しかし、それでも。

(立ち上がって欲《ほ》しいと思うのは、オレの我がままか……?)

期待をかけてしまうのは、あまりにも自分勝手な想いなのか。

ルインがそう考えていると、

「問題はないじゃろう」

不意にサシャの声が聞こえ、彼女はただ当然のことを口にするように告げた。

「親友の為に街に残り、たった一人で魔王の支配に抗い続けたあやつの『壺《つぼ》』の中身は――

――そこまで、柔《やわ》ではない」

直後。その言葉を、証明するかのように。

「……ルインさん。サシャさん。セレネさん。リリスさん。アンゼリカさん」

それぞれの名を呼んだ後、エリカはゆっくりと、しかし確かな足取りで立ち上がった。

ルイン達に背を向けながら、先程《さきほど》とは打って変わった、張りのある声で言ってくる。

「――サナは私が相手を致します。皆様はロディーヌを始めとした他の人達の相手をお願いします」

その表情は窺《うかが》いしれない。だがルインには分かる気がした。

彼女は今、誰よりも強い決意を固めた者の顔をしているのだろうと。

「……。分かった。気を付けて」

ならばもう、何も言うことはない。

ルインは笑みを浮かべるサシャと共に、ロディーヌ達の方を向いた。

「ドノヴァンさん。ロディーヌ様の元へ行って下さい。彼女はワタシが一人で戦います」

やがてサナがそう言うと、傍らに居た男が戸惑《とまど》うような声を上げる。

「おい……しかし……」

「ロディーヌ様が認めた方とその仲間です。エリカより向こうの人達の方がきっと手強《てごわ》い。戦力は一人でも多い方がいいでしょう」

梃子《てこ》でも動かぬ構えを見せるサナに、やがてドノヴァンと呼ばれた男はその要求を承諾《しょうだく》するように頷いた。

「……気をつけろよ」

そう言い残し、ルイン達の傍《そば》を通り過ぎると、ロディーヌたちの元へ行く。

「話は終わりか。中々に面白い見世物であった」

ロディーヌは玉座から下りながら、軽く手を叩《たた》いた。

「あのエリカという女。見た目以上に肝《きも》が据わっているようだ」

「ああ。彼女こそが勇者と呼ばれるに相応しい人間だ」

ルインは答え、改めてロディーヌと――【剣永の魔王】と対峙《たいじ》する。

「エリカなら心配はいらない。こっちはこっちで勝負をつけようじゃないか、ロディーヌ」

「……良いだろう、魔王使い」

ロディーヌは、饗宴《きょうえん》を催《もよお》すような口調で告げた。

「存分に、互《たが》いの強さを見せつけ合おうではないか」

瞬間《しゅんかん》、待っていたとばかりに騎士達がそれぞれの剣を抜く。

同時に、ロディーヌの背後にも変化が現れた。

裂かれるような音と共に、何も無かったはずの空間に物体が出現する。

それぞれが奇妙な形をした剣だった。

ロディーヌを中心にして、放射状に並んでいる。

「それがお主の権能というわけか」

炎《ほのお》を纏《まと》うサシャに対し、ロディーヌは告げた。

「その通り。我が【魔剣煉業《アルス・オブ・ソーディアス》】、身を以《もつ》て味わうがいい。――私の元に辿《たど》り着ければ、の話だがな」

ロディーヌの言葉通り、最初に動いたのは、騎士達の方だった。

「グランディス魔刃騎士団《だん》が一人、ルヴァートが推《お》して参る！」

「同じくアンリッチ！　覚悟《かくご》せよ！」

「エナクスよ。ロディーヌ様が相手をするまでもないわ！　あたし達でケリをつける！」

「その通り。あのクレスを倒したのは流石《さすが》と言えるが、それでもこのドノヴァンと同志達にかかれば――」

「――フィノウ。一瞬《いっしゅん》で、仕留めてみせる」

彼らはそれぞれに名乗りを上げると、手にもった魔剣の力を発動する。

雷《かみなり》が迸《ほとばし》った。獣《けもの》が吼《ほ》えるような声が轟《とどろ》き、虫の羽ばたきが如き音が鳴る。

風を切るような旋律《せんりつ》が渡《わた》り、何かが溶《と》けるような不快な響きが生じた。

「ふん。先程はルインに場を譲ったが」

「やっと全力が出せるってわけね」

「……全員、面倒《めんどう》くさそうだけど」

「それでもやるしかないわ。頑張《がんば》りましょう！」

サシャ、アンゼリカ、リリス、セレネが告げて、ルインが宣言する。

「――皆、行くぞ！」

そうして全員が権能やスキルを発動し、騎士達を真っ向から迎え撃《う》った。

「覚悟めされよ、魔王使い！」

ルインに狙《ねら》いを定めたのは、最初にルヴァートと名乗りを上げた男だった。

彼は紫電《しでん》を纏った刃《やいば》を無造作に振るう。本来であれば天空より降り注ぐはずの稲光《いなびかり》が真横に走り、空気を焦がす音を立てながら襲《おそ》い掛《か》かって来た。

その間、瞬《まばた》きする間すらない。だがルインはルヴァートが剣を振った直後に軌道《きどう》を予測し、すでに動き出していた。

執拗《しつよう》に追いかけてくる雷撃《らいげき》を、軽く跳躍《ちょうやく》することで次々といなしていく。

「見事な足さばき、驚嘆《きょうたん》に値する……！」

ルヴァートは目を見開くも、逆に意欲をそそられたようにして剣を掲《かか》げた。

「ならばこれでどうか⁉」

雷がルヴァートの頭上高くへと急速に集まってくると――瞬間、彼目掛《かれめが》けて何度も降り注いだ。

本来であれば自殺に等しいその行為《こうい》。しかしその身には傷一つついていなかった。

それどころかルヴァートの魔剣から、先程に比べると数倍以上にも思える雷が迸ってい
る。

「まさか……【精霊騎士《せいれいきし》】か⁉」

見抜《みぬ》いたルインに対して、ルヴァートが笑みを見せた。

火、水、土、風、雷など、周囲にある精霊の力を武器に宿しスキルを放つハイレア・ジョブだ。発動する効果が強力な代わりに、扱える属性は一つきりであるのと、自らの手で精霊を操《あやつ》ることは出来ないという弱点がある。

その為《ため》、大体の場合は精霊使いと組んで戦うことが多いのだが――。

（魔剣と合わされば、単独でもこれほどの力を発揮できるってことか……！）

しかも力の根源である雷は無限に生み出すことが出来る。ルヴァートが魔刃騎士に選ばれた理由がよく分かった。

「参るぞ、魔王使い！」

ルヴァートが魔剣を構えるのに合わせ、刃が纏う雷は急速な変化を見せ始める。

瞬《また》く間《ま》に膨れ上がり、ある姿を象《かたど》った。

広い謁見《えっけん》の間をあまねく照らすような、黄金に彩《いろど》られた巨大なドラゴンだ。

それは周囲に雷撃を撒《ま》き散らしながら、咆哮《ほうこう》を上げて襲い掛かってくる。

（……魔剣がロディーヌの権能から生み出されたものなら、あれは魔力《まりょく》の塊《かたまり》みたいなものだ。だったら）

ルインは決断すると、迫り来る脅威《きょうい》に対して寧《むし》ろ、前へと突《つ》っ込《こ》んだ。

【破断の刃】を、ドラゴンに向けて大きく振り払う。相手は横に真っ二つに切り裂かれると、そのまま粒子《りゅうし》となって消えてルインの得物へと吸い込まれていった。

「なんと⁉　魔剣の力を断《た》つとは……！」

さすがに予想外であったのかルヴァートは一瞬、動きを止める。

その隙《すき》にルインは肉薄《にくはく》し、長剣を掲げた。

いや、それはもう大剣というに相応しい。【破断の刃】がもつ効果によって魔剣の魔力を吸収し、肥大化した得物を真っ向から振り下ろす。

ルヴァートは素早《すばや》く退くと、再び雷によってドラゴンを生み出し、けしかけて来た。

しかも今度は二頭同時だ。たとえ一方を切り裂こうとも、もう一方が喰《く》らいついてくる。

だがその瞬間、ルインの眼前に漆黒の炎が勢いよく立ち昇《のぼ》り、それは壁《かべ》となって敵の進行を防いだ。やがて二頭のドラゴンは、炎と共に音もなく消え去る。

「――サシャ！」

思わず呼びかけると、並び立つサシャは外套《がいとう》を振り払った。虚空《こくう》に手を翳し炎の塊を幾つも作り上げると、ルヴァートに向けて連発する。

相手は焦《あせ》って雷撃を飛ばすが、破壊《はかい》の力を持つ権能は全てを喰らい、飲み込んでいくと――その身を直撃《ちょくげき》した。

絶叫《ぜっきょう》を上げ、ルヴァートは床を転がると、そのまま気を失う。

「フン。あと四人……ルイン、それに、セレネ、アンゼリカ、リリス！　ロディーヌを前にして、いつまでもこのような奴らにかかずらってはおられぬ。わらわが一蹴《いっしゅう》する故、お主らでしばしの時を稼《かせ》げるか！」

「……出来るのか？」

ルインの問いかけに、サシャは当たり前のことを訊《き》くなとばかりに答える。

「お主と旅をしている内に、封印《ふういん》から目覚めた時より多くの魔力が戻《もど》ってきた。それを使う。ただしすぐにというわけにはいかぬ故、その間を頼《たの》みたいのじゃ」

「……分かったわ。やってやろうじゃない！　その代わり、失敗したらタダじゃおかないわよ!?」

アンゼリカが声をあげるのに、リリスもセレネも、承知したというように頷いた。

「任せておけ。精々、奴らの目を引きつけておくが良い！」

自信に満ちたサシャの言葉に、ルインはルヴァートに向かって駆《か》け出そうとした。

しかし——そこで異変に気付いて声を上げる。

「サシャ、右だ！」

素早く反応したサシャであったが、わずかに出遅《でおく》れた。

空間を不規則な軌道で移動する物体が、彼女《かのじょ》に接近する。

「くっ……！」

咄嗟《とっさ》に後ろへ跳《と》びすさるサシャだが、それは執拗に彼女を追い続けた。

たとえるならば、鋼の蛇《へび》だ。細長く、艶《あで》やかな光沢《こうたく》をもつ強固な物質が、そうと感じさせないようにしなやかな動きでどこまでも伸《の》びていく。

「なにをするつもりか知らないけど、簡単にやれると思われちゃ困るわね！」

エナクスが叫《さけ》んだ。蛇は彼女の手元からその体を伸ばしている。魔剣の刃が、意志を持つようにうねりながら伸長《しんちょう》を続けているのだ。

「うるさいわね。あなたの相手はあたしよ！」

アンゼリカがサシャを庇《かば》うようにして出ると、激しい水流を生み出してエナクスへとぶつけた。しかし鋼の蛇は巧《たく》みにそれを避《さ》け、アンゼリカの周囲で螺旋《らせん》を描《えが》くと、その体へ何重にもまとわりつき、そのまま縛《しば》り上げる。

「生意気な真似《まね》を……！」

舌打ちするアンゼリカは水を操り、魔剣の刃を攻撃《こうげき》するが、傷一つつかない。

「無駄《むだ》よ。その剣本体には権能に対する耐性《たいせい》がある。絶対ではないけど、ある程度までは通じないわ」

「だったら、そのある程度を超えてやるわよ……！」

アンゼリカは不敵に笑って全身に力を入れようとしたが、エナクスが空いた方の手を真横に突き出した。

「あら恐《こわ》い。ならその前にやることをやらせてもらうわ」

彼女の傍に寒風が巻き起こり、交じる氷の礫《つぶて》が集合すると複数の塊と化す。

「精霊術……!?」

睨《にら》み付けるアンゼリカに、エナクスは「そういうこと」と余裕《よゆう》じみた笑みを浮《う》かべた。

精霊使いは遠距離《えんきょり》攻撃《こうげき》に秀《ひい》でる一方、どうしても近接戦闘《せんとう》では劣《おと》るところがある。それを補う為に、ロディーヌは相手を拘束《こうそく》できる魔剣を彼女に与えたのだろう。

「魔王はロディーヌ様一人でいい。まずはあなたから、仕留めてあげる！」

言ってエナクスは、自身の身の丈ほどもある氷塊《ひょうかい》を幾つも飛ばして来た。

容赦《ようしゃ》の無い殺意の群集が、狙いを定めたアンゼリカを直撃する――。

かに見えたその瞬間、強大な疾風《しっぷう》によって切り刻まれ、木端微塵《こっぱみじん》に吹《ふ》き飛んだ。

「……え？」

先程までの余裕をなくし、虚《きょ》を衝《つ》かれたような顔を見せるエナクスに、声がかかった。

「精霊術なら――わたしの出番ね」

アンゼリカの傍に立ったセレネが、杖《つえ》を大地へ突き立てる。

「【翡翠《ひすい》なりし暴刃《ぼうじん》の王】！」

彼女の目の前に風が起こり、瞬く間に竜巻《たつまき》と化し、更には嵐《あらし》へと変貌《へんぼう》した。

それはエナクスに向けて驚《おどろ》くべき速度で移動していく。

「ま、待って。こ、このっ！」

幾度《いくど》も氷の礫を飛ばす彼女だが、セレネの導き出した風の王とも言える現象を前にしてなす術《すべ》はない。

「ぐっ――油断した……エナクス⁉」

そこで目を覚ましたルヴァートが現状に気付き、即座《そくざ》に剣を構えた。

セレネを止めようと、雷撃のドラゴンを放つ。

「【雄々《おお》しく立ちし岩冥《がんめい》の王】！」

だが、彼女の築き上げた巨大で頑強《がんきょう》な岩の壁によって防がれた。

「鬱陶《うっとう》しい……ッ！」

その時、アンゼリカが全身から盛大《せいだい》な水柱を噴《ふ》き上がらせると、その勢いで己を縛っていた剣を砕《くだ》き割る。同時に彼女はルヴァートに向けて水流を唸《うな》らせた。

ルヴァートは対抗《たいこう》するべく幾度も雷を放つが、アンゼリカの操る水の流れは全てを飲み込み、圧力によって彼を尋常《じんじょう》ならざる勢いで弾《はじ》き飛ばす。

「くっ……このままじゃ……！」

助けを失ったエナクスが焦る中、暴虐《ぼうぎゃく》なる風の刃は彼女を容赦なく切り裂こうと迫る。

「おおおおおおおおっ！」

だがそこに、巨躯《きょく》を持つ誰《だれ》かが盾《たて》のようにエナクスの前へと滑《すべ》り込んだ。

ドノヴァンと名乗った男だ。彼《かれ》が腕《うで》を交差すると、その全身が一瞬にして鋼鉄へと変化した。それはセレネの精霊術を防ぎ、激しく軋《きし》むような音を立てたものの――やがては無効化する。

「魔族《まぞく》の権能……！」

セレネの声に、頬《ほお》にある鱗を歪《ゆが》ませながら、ドノヴァンはにやりと笑った。

「たまげたか。しかしこのドノヴァン、ただ防ぐだけの無能ではない！　エナクス、下がっていろ！」

言われた通りにエナクスが距離《きょり》をとると、ドノヴァンは背負っていた大剣を掲げる。

「我がロディーヌ様より授《さず》かった魔剣の深奥《しんおう》、その身でとくと知るがいいっ！」

爆裂《ばくれつ》するような音が鳴り、彼の持っている得物が想定外の変化を遂《と》げた。

刃がドロドロに溶けていくと、それは灼熱《しゃくねつ》の色を宿し、ドノヴァンを中心にして瞬く間に周囲に広がっていく。触《ふ》れた箇所《かしょ》の床が耳障《みみざわ》りな音を立てながら一瞬で焦げつき、大量の煙《けむり》を上げた。

（これは……溶岩流《ようがんりゅう》か⁉）

ルインとて話に聞いた限りでしか知らないが、火山が噴火《ふんか》した際、その火口から吐《は》き出されるものだという。高温を宿しながら迫るそれは、触れただけでその者を焼き尽《つ》くす。

当然、魔剣を持っているドノヴァンが真っ先に被害《ひがい》に遭《あ》うはずだが、鋼鉄化した彼は何の痛痒《つうよう》も感じていないようだった。

「使い手の能力に合わせて魔剣を与えることで、その力を更に高める……考えられているな」

「あのね。感心してる場合じゃないわよ!?」

ルインに対して、アンゼリカが呆れたように言って水の壁を築いた。それは水蒸気を上げながら溶岩流の侵入《しんにゅう》を防ぐが、同時に一度でも権能を解けば超高熱《ちょうこうねつ》の餌食《えじき》になることを意味していた。

セレネが精霊術によってドノヴァン本体を狙おうとするが、その間にエナクスもまたスキルを駆使《くし》してくるため、上手《うま》くいってはいない。

「ああ、もう、面倒くさいわね!?」

アンゼリカが苛立つような声を上げると、

「ようやく出番が来たね」

抑揚《よくよう》のない声と共に、羽ばたくような音が聞こえた。

ルインが振り返ると、背から翼《つばさ》を展開したリリスが宙に飛び上がるところだ。

「上から攻撃する。頭を下げていて」

言われた通りにルイン達《たち》が体勢を低くした瞬間。

リリスが華麗《かれい》なまでの動きをもって空中で翻《ひるがえ》り――翼から無数の羽根を飛ばした。

それらは刹那《せつな》に硬質化《こうしつか》すると、凄《すさ》まじい勢いでドノヴァンの全身に突き立っていく。精霊術さえ破った頑丈《がんじょう》な肌《はだ》を物ともしない威力《いりょく》に、彼は苦鳴を上げてのけぞった。

「なんと、これは……!?」

ドノヴァンが動揺《どうよう》している内に、リリスが素早く左腕《ひだりうで》を振り払《はら》う。

床に幾つも泥《どろ》が落ち、それらは見ている内に膨《ふく》れ上がると、武装した兵士や獅子《しし》を思わせるような獣の姿に変わった。泥を変化させる魔物《まもの》の力を再現したものだ。

操り人形《にんぎょう》の軍勢が、怒涛《どとう》の勢いでドノヴァン達に押《お》し寄せた。

無論、溶岩流によって焼かれてはいくが、破壊しても即座に再生する人形達に効果はなく、二人はすぐに押し倒される。

泥の兵士によってドノヴァンの魔剣が奪《うば》い取られると、溶岩流は一瞬で消え去った。

「調子悪いの？　アンゼリカ。こんな奴ら相手にらしくもない」

「黙りなさい。あなただって油断は出来ないわよ」

地上に降り立ったリリスにアンゼリカが不貞腐《ふてくさ》れたように返していると、

「……くっ……アンリッチ！　アンリッチ――――ッ！」

エナクスが名を呼んだ直後、鈍《にぶ》い音が鳴り響《ひび》いた。

「……やれやれ。思っていた以上にやるようだ」

エナクス達の背後に居た男――その背から梟《ふくろう》にも似た翼を生やしたアンリッチが息をつく。彼が魔剣を突き出すと、その刃がありえないほどに膨張《ぼうちょう》した。

しかも先端《せんたん》が『獣』の顔を宿している。

裂けるようにして開かれた口にはらんぐいの歯が並び、それは不愉快《ふゆかい》な声を上げながら、リリスの泥で出来た人形達を次々と喰らっていった。

ただ刃があまりにも巨大化《きょだいか》している為か、アンリッチは得物を支えることが精一杯《せいいっぱい》でその場から動けていない。

そこを狙い、リリスが新たな泥人形を差し向けた。生み出された猪《いのしし》が猛烈《もうれつ》な勢いで突貫《とっかん》する。

――だが、彼へ到達《とうたつ》する前にそれは消え去った。急速に風化していくようにして、体がぼろぼろと崩れていく。リリスが再度、同じ攻撃を仕掛《しか》けても結果は同じだった。

アンリッチは魔剣によって泥人形達を喰らいながら、淡々とした声で言う。

「俺《おれ》の権能は周辺の相手を朽《く》ちさせる。こと物質においては近付くことは不可能だ。この魔剣を使っている間は動くことが出来ないが、問題はない」

「へえ。興味深い」

「……わたしには趣味《しゅみ》の悪い力にしか思えないけど」

にわかに目を輝《かがや》かせるリリスに嘆息《たんそく》しながら、セレネはそこで我に返ったように杖を向けた。

「って、そんなことを言っている場合じゃないわ！　このままじゃリリスが拘束しているあの二人が解放される。その前に――――！」

「余計な真似をしてもらっては困る」

精霊術を発動しようとしたセレネは、本来であれば動じるはずもないその静かな声に体を竦《すく》ませた。

なぜなら彼女のすぐ傍に、全く前触《まえぶ》れなく女――フィノウが出現したからだ。

（【暗殺鬼《あんさつき》】のハイレア・ジョブによる完全透明化《とうめいか》スキルか……!?　不味《まず》い！）

ルインは【孔滅の槍《やり》】を生み出しその場から攻撃を仕掛けた。

しかしフィノウがゆらりとした柳《やなぎ》のような動きでそれを避けると、その姿が風景に溶け込み、完全に消えた。足音すら聞こえず、完全に無と同一化する。

暗殺鬼の透明化スキル【無帰《むき》】は、攻撃の瞬間のみ姿を現す。だが透明になっている間は気配すら遮断《しゃだん》されている為、居場所を特定するのは非常に困難だ。

それでもルインが五感を駆使して見定めようとしていると、

「いっつ……ッ！」

顔を顰《しか》めたセレネが、自らの腕を掴む。誰にも悟《さと》られぬまま彼女に接近していたフィノスが、手に持ったナイフで切り付けたのだ。

素早くルインが槍を突き出すと、フィノスが攻撃をかわす為に跳び上がる。

だがその隙を狙い、リリスが口から大量の炎を吐き出した。

フィノスは片手で自らの体を庇うようにしながら、もう片方の手に握った得物を投げ飛ばす。

それは、リリスの肩を真っ直ぐに貫《つらぬ》いた。

攻撃を受けたリリスがわずかによろめき、集中が切れたのか炎は掻《か》き消えた。

フィノウは少しの火傷《やけど》を負いながらも着地と同時に再び透明化。誰にも悟られずに移動し、リリスの背後に現れ、自らの得物を引き抜《ぬ》いて回収する。

怪我《けが》のせいかふらつきながらフィノウが一旦《いったん》退いたのを見ると、ルインは急いで二人に駆《か》け寄った。

「リリス、セレネ、大丈夫《だいじょうぶ》か!?」

ルインの呼びかけに、セレネ達は揃《そろ》って頷《うなず》く。

「問題ないわ。少し掠《かす》っただけ」

「うん。特になんとも……あれ？」

だが、セレネもリリスもその場でふらつくと、頽れるようにして膝《ひざ》をつく。

「……なにこれ。力が入らない」

「まさか……毒……なの？」

セレネの問いにフィノウは陽炎《かげろう》のように現れると、酷薄《こくはく》な口調で告げた。

「そう。我《わ》が魔剣は刻むことに価値はあらず。一度傷がつけばそこから毒が流れ込み、どのような相手であっても一定時間動きを封《ふう》じる」

感情の宿らぬ表情を浮かべながら、得物を構える。

「そして二度目を喰らうと、その者は——死を迎《むか》える」

「だから言ったでしょ、油断するなってっ！」

アンゼリカが水流を飛ばすが、フィノウは己《おのれ》の姿を虚空に溶かし、それを回避《かいひ》した。

「……無駄だ」

間もなくアンゼリカの死角に現れたフィノウが、手に持った剣を怪《あや》しく輝かせる。

「させるか……ッ！」

ルインはあらかじめ用意していた【海竜の咆哮】を呼び出し、水球を射出した。フィノウは舌打ちと共に横手に転がると、立ち上がり様、後方へと下がっていく。

「……助かったぞ、アンリッチ！　フィノウ！」

「危なかった……ふざけたことしてくれちゃって！」

だがルイン達がフィノウと攻防《こうぼう》を繰《く》り広《ひろ》げる間に、ドノヴァンとエナクスが復活した。

「……さすがロディーヌ様と同じ魔王《まおう》。中々にやる」

彼らはルヴァートを先頭に、再び戦闘態勢をとった。

「しぶとい奴等《やつ》ね……いい加減にしてくれない？」

うんざりしたようにアンゼリカが言うのに、ルヴァートは堂々たる態度で主張する。

「この程度ではまだだ……！　我ら魔刃騎士団は、そう簡単に終わらんぞ……ッ！」

その、吼えるような声に。

「――いいや。お主らは、ここで終わりじゃ」

静かな声が、応えた。

「端役《はやく》がいつまでも出張るものではない。舞台裏《ぶたいうら》にでも、引っ込んでおれ」

振《ふ》り返ったルインは、瞠目《どうもく》する。

サシャの体から、尋常ならざる炎が、轟々《ごうごう》と噴き上がっていた。

いつも見ているものとは桁違《けたちが》いの規模だ。上下左右共に広く展開し、全てを喰らい尽くすように立ち昇る様は、さながら黒焔の大山である。

燃《も》え盛《さか》る音が耳朶《じだ》を揺《ゆ》るがし、否応《いやおう》なしに、見る者へ圧倒的なまでの存在を示す。

人智《じんち》を超《こ》えたという言葉すらも浅く思えるほどに筆舌《ひつぜつ》に尽くし難《がた》いその有様は、ルインに根源的な感情を喚起《かんき》させた。

常に自覚しながらも目を逸《そ》らし続けているもの。

即《すなわ》ちいつか訪《おとず》れる死に対する——絶対的な、恐怖《きょうふ》だ。

「こ、これは……」

ルヴァートが震《ふる》える声を零《こぼ》した。

ルインが視線を前へと戻すと、騎士《きし》全員の顔からは先程までの気概《きがい》が完全に消え失《う》せており——代わりに、はっきりとした怯《おび》えが浮かんでいた。

無理もない。サシャの相棒であるルインですら、寒気が走るほどなのだ。

敵として対峙している彼らの心情たるや、想像するに余りある。

「待たせたな、ルイン。魔力を練り上げるのに時間がかかってしまった」

サシャが笑う。いつものようなどこか親しみの湧《わ》くものではなく、残酷《ざんこく》なまでに冷たい響きを持つ声音で。

「魔刃騎士。我らの前に立ちふさがったことを……存分に後悔《こうかい》するが良い」

指を鳴らすと、サシャの全身から躍《おど》るようにして全ての炎が動き始めた。

それはルイン達を越えて床に落ちると、ルヴァート達を纏めて飲み込むように押し迫る。その度《たび》に床を容赦なく削《けず》り、石材を抉《えぐ》り、周囲に瓦礫《がれき》を噴き上げていく。

「く……なにをしている！　あれを消すぞ！」

恐怖に支配され、硬直《こうちょく》している仲間達に、ルヴァートが檄《げき》を飛ばす。

彼らは我に返ったような顔で、慌《あわ》てて自らの魔剣やスキルを駆使した。

だが雷のドラゴンも、進む者を焼き尽くす溶岩流も、獣の刃や精霊術ですらも。

サシャの炎を前にすると、まるで児戯《じぎ》の如く砕かれ、消滅《しょうめつ》し、虚空へと散っていく。

人の強さなど、所詮《しょせん》はこの程度のものだ。

そう、嘲笑《あざわら》うように。

「ああ…………あああああああああああああ！」

打つ手の無くなったルヴァートは、それでも己の矜持《きょうじ》に従うように一人、闇《やみ》深き炎に立ち向かった。

その結果――。

爆裂が、巻き起こる。

思わずルインが耳を塞《ふさ》ぐほどに強烈《きょうれつ》な音が生じ、ルヴァート達を中心にして炎が途方《とほう》もなく高々と舞《ま》い上がった。

現実とは思えぬ光景に、ルインを始めとする全員が唖然《あぜん》とする中で。

やがて炎が掻き消えると、ロディーヌの精鋭《せいえい》の騎士達は、見るも無残な姿で地面に倒《たお》れていた。誰一人《だれひとり》として、再び立ち上がる者はいない。

「……安心せよ。命までは奪わないでおいた。尤《もっと》も、目を覚ましたところで、しばらくは動くことも出来ないじゃろうがな」

サシャの声は、どこまでも平淡《へいたん》だった。

自らの所業が、さして誇《ほこ》ることもないものであるかのように。

「……な、なに、今の。信じられない力だったけど。サシャって、あんなことが出来たの？」

そこで呆然《ぼうぜん》自失としていたセレネが微《かす》かに呟《つぶや》くのに、サシャは答えた。

「うむ。ようやく、全盛期《ぜんせいき》の三分の二といったところかの」

「三分の二⁉　じゃあ、全ての魔力が戻るとあれ以上のことが……⁉」

セレネは、怯えさえ窺えるような顔で叫ぶ。

「ふうん。中々やるじゃない。普段《ふだん》、散々に吹いているだけのことはあるわね」

アンゼリカが感心したように言うと、リリスもまた頷いた。

「確かに。【死の魔王】って異名も納得《なっとく》って感じ」

「ああ……正直、ここまでとは思わなかったよ。すごいな、サシャ！」

ルインが率直《そっちょく》な気持ちを伝えると、サシャは腕を組み、機嫌《きげん》よく声を上げた。

「フハハハハハハ！　そうであろう、そうであろう。わらわに力が戻ればこの程度、造作もないことじゃ！」

次いで、ルインに眼差《まなざ》しを送ってくる。

「さあ、ルイン、行くが良い。残りはロディーヌだけじゃ！」

その瞳《ひとみ》には、いつもの彼女らしさが戻っていた。

「初撃の栄誉《えいよ》は――くれてやる！」

「……ああ、分かった！」

サシャの力強い言葉に返し、ルインはロディーヌに向けて疾走《しっそう》した。

「見事だ、死の魔王。最古に相応《ふさわ》しきその力、とくと見せてもらったぞ」

騎士達が――自らの配下が目の前で傷つき、倒れたにもかかわらず、ロディーヌは寧ろ喜ばしいとばかりに口元を歪める。

「魔王使い。汝《なんじ》の強さは……如何《いか》ほどだ？」

肉薄《にくはく》し突き出すルインの槍を、ロディーヌは背後から抜いた長剣《ちょうけん》で正面から受け止めて。

挑発的《ちょうはつてき》に、告げた。

「さぁ。心震える死合を、始めるとしよう！」

連撃。立て続けに、息つく間もなくルインが放つ刺突《しとつ》の群れを、ロディーヌは全て片手で防いでいった。

お返しとばかりに猛烈な勢いで叩きつけて来る剣の一撃《いちげき》を、ルインは槍の柄《つか》で受け止める。手が痺《しび》れるかと思う程《ほど》の衝撃《しょうげき》が伝わって来た。

同時に、何か焦《こ》げるような臭《にお》いを感じ取り、ルインは危機を察知して自らの得物を手放した。そのまま後ろへ下がって間もなく――槍が爆発《ばくはつ》する。

「……これは……」

ルインが眉《まゆ》を顰めていると、ロディーヌは剣を肩《かた》に担《かつ》ぎながら首を傾《かし》げた。

「なにを驚いている。攻撃が当たったものを爆破《ばくは》するのは、なにも汝だけの力ではないぞ」

やはり、魔剣の効果だったようだ。ルインの使う【爆壊《ばっかい》の弓】と似た力を持っているのだろう。

「確かにそうだな。なら――ッ！」

ルインは【魔装の破炎】から弓を取り出すと、矢を番《つが》えて放った。

一発目が当たるより前に二発目を用意し打つと、更《さら》に三発目を続ける。

そうしてほんのわずかな間に幾《いく》つもの矢をロディーヌに向けて射出した。

彼女は一つ一つを自らの剣で叩き落としては、矢が力を発揮するより前に爆撃《ばくげき》によって粉々にしていく。

が、何度か繰り返した後、それまでと同じようにして攻撃を防ごうとした時――彼女は目を見開いた。

弾き飛ばした矢のすぐ後ろから、もう一本が現れたのだ。

既《すで》に剣を振り払った後のロディーヌには大きな隙が生まれていた。ルインの矢はそのまま彼女の胸に突き当たり、猛烈な熱波を生み出した。

濛々《もうもう》とした煙が謁見の間に立ち込める中、ルインは弓を構えたままロディーヌを見る。

「二本目の矢を一本目と全く同じ軌道で打つことで、その身を隠《かく》れさせたか。わずかでもズレれば目論見《もくろみ》は見抜かれていた。相変わらず見事な腕じゃな」

背後で、感心したようにサシャが言う。

「ありがとう。だが……まだ終わりじゃない」

ルインの向ける視線の先。

煙が晴れ渡った後、ロディーヌが依然《いぜん》として雄々しく佇《たたず》んでいた。

「面白《おもしろ》い技を使う。だが、このような小手先の児戯で私を仕留められると思うな」

彼女の手には別の剣が握《にぎ》られていた。刃を中心にして半透明《はんとうめい》の防御壁《ぼうぎょへき》のようなものを展開している。恐《おそ》らくはそれによってルインの爆撃を防いだのだろう。

半ば壊《こわ》れてかけているところを見るとそこまで防御性《ぼうぎょ》はないようだが、少なくともルインの実行した爆撃を無効化する程度の力はあるようだ。

「今度は盾の機能を持つ剣か。もうなんでもありだな……」

微苦笑《びくしょう》するルインにロディーヌは口端《くちは》を上げた。

「そう。我が魔剣は剣に留《とど》まらず。変幻自在《へんげんじざい》の力を以《もっ》て、千差万別《せんさばんべつ》の形を成す。汝が如何なる手を打とうとも、全ては無駄と知るがよい」

ロディーヌが剣を手放すと、それはひとりでに浮かび上がり、彼女の背後へと戻っていく。

「……さて、それはどうかな」

どんなものにも突くべき間隙は必ず存在する。それはルインが度重《たびかさ》なる鍛錬《たんれん》で得た確かな事実だ。いかなる状況にも心を乱されずに向かい合えば、光明はあるはずだった。

（だからオレは、諦《あきら》めない……）

そう、決意を固めた時だった。

突如《とつじょ》として悲鳴が聞こえ――振り向いたルインの目に、思ってもみない光景が飛び込んでくる。

「……ぐっ！」

エリカが、サナを前にして跪《ひざまず》いていた。

彼女は苦しげに息をつきながら、それでも強い意志を宿した顔を崩《くず》さない。

「ふん、まだやっていたのか」

ロディーヌが興味なさそうに告げる中、エリカはレイピアを杖代わりに、再び体勢を整えた。

「エリカ……もうやめて。ワタシには勝てない」

サナは悲しげに首を振り、自らの魔剣をエリカへ向ける。

エリカはそれでもスキルを発動し、光を纏って疾走した。

息つく間もなく肉薄すると、その手から唸るような刺突の連打を発揮する。

だが確かに捉《とら》えたはずの切っ先の全ては、相手の体をすり抜けるようにして向こう側に抜けた。

「無駄だよ」

サナの立ち位置とは真逆の方向から、彼女の声が聞こえた。

エリカのレイピアが貫いていた彼女の姿が揺らぎ、やがては儚《はかな》く消えていく。

「あなたも知っているはず。ワタシは【幻楼士《げんろうし》】。回避能力ではハイレア・ジョブの中でも随一《ずいいち》」

振り返ったエリカの一撃が、今度こそサナの体を突いた。それでも、彼女を仕留めることは出来ない。先程《さきほど》と同じように、砂塵《さじん》の如き動きを見せて、その身が失せていく。

「幻像《げんぞう》を作り相手を惑わす。どれが本物かあなたには分からない」

再び別の場所に現れたサナが、悲愴《ひそう》に溢《あふ》れた表情を見せながら、腰《こし》の双剣《そうけん》を抜いた。

「そして、ロディーヌ様に頂いた魔剣は――」

即座に反応し、接近したエリカの攻撃を再び幻《まぼろし》によってかわすと、

「――一振《ひとふ》りで十の斬撃を生み出す」

サナは彼女の真横で、二つの刃を何度も交差させた。

虚空に無数の斬撃が刻まれ、エリカは悲鳴と共に、血飛沫《ちしぶき》を上げて膝をつく。

(幻楼士は回避に秀でているが、攻撃には乏《とぼ》しかった。だがあれならそれを十分に補える……)

他の魔刃騎士同様に、魔剣を得たサナの存在はたとえ勇者と呼ばれた冒険者《ぼうけんしゃ》でさえ、脅威《きょうい》的《てき》と言うに相応しかった。

「何度やっても無駄よ。お願いだから、諦めて……！」

訴《うった》えかけるように、声を枯《か》らすサナ。

既にエリカの防具はほとんどが破壊されてその意味をなさず、肌には至る所に裂傷《れっしょう》が生

まれていた。

サナの言う通り、彼女の劣勢《れっせい》は明らか。敗北を認める他はないように思える。

ただ――それでも。

「……まだ……です……！」

エリカは、再び立ち上がった。半ば無理矢理《むりやり》にレイピアを握り、未《いま》だ絶えぬ闘争心《とうそうしん》をその目に滾《たぎ》らせて、サナを見つめる。

「……どう、して……」

仲間のそんな姿は、本来であればたくましく映ったかもしれないが――。否応なしに敵とならざるを得なくなったサナにとっては、恐怖そのものであるようだった。

「倒れてよ、エリカ。もういいじゃない……！　あたしはロディーヌ様の部下になったの。これは仕方のないことなの。あなたのせいじゃないのよ！　だから……ッ！」

これ以上、かつての仲間を傷つけたくはない。

そんな想《おも》いをぶつけるサナに、エリカは答えた。

「確かに……あなたの言う通りです、サナ……」

消え入るような声しか出せない中、それでも己の想いを届けるようにして、懸命《けんめい》に。

「強い者に従うのは、道理。受け入れた方が、楽にはなれます。でも、その為に心の底では間違《まちが》っているということを、飲み込んで。俯《うつむ》いて。……目を、逸らして」

全身を苛《さいな》む痛みが持続しているであろう中、エリカは、微笑《ほほえ》んだ。

「それで——生きていると、言えるでしょうか」

サナが目を見開いた。想像もしていなかったことを告げられたからではないだろう。

半ば自覚しながらも、己の心に従う勇気が出ずに必死で隠し続けたことを。

生死を共にしてきた仲間に、真正面から突きつけられたのだ。

「少なくとも、私は……思いません。だから、あなたが命を賭《と》して私を助けてくれたように。私もまた……本当は逃《に》げ出したい、元の場所に帰りたいと思っているあなたを、見捨てるわけにはいかないのです」

レイピアを突きつけて、エリカは胸を張り、堂々と言ってのけた。

「己の信念を以て——ここで折れるわけには、いかないのですよ」

「……エリカ……」

微かに呟くサナの、剣を持つ両手が、やがて力無く下がる。

仲間の言葉が、衝撃となって己の体を——いや、魂《たましい》を打ちのめしたかのように。

「さあ、やりましょう、サナ。あなたが一歩を踏《ふ》み出せるのであれば。恐怖に打ち克《か》ち、私の元へ走り出す為《ため》であれば」

敗北寸前とは思えぬほどの余裕を見せて、エリカは告げた。

「私は、何度だって、立ち上がる」

「……ワ、ワタシは」

対してサナは唇《くちびる》を噛《か》み締《し》めた。戦闘の構えをとる様子はない。

エリカの行動が、確かな迷いを生んだかのように。

「……目障《めざわ》りな」

不意に、ルインの目の前で、ロディーヌが舌打ちした。

「弱者が己の引《ひ》き際《ぎわ》も見極《みきわ》めないどころか粋《いき》がりさえするとは、見ていて不愉快だ」

自らの魔剣の一つを引き抜くと、彼女はそれを振りかぶり、

「──死ね」

エリカに向けて、大きく薙《な》いだ。

雷《かみなり》が放たれ、真《ま》っ直《す》ぐに向かう。ルヴァートの使っていたものだ。

黄金を宿した殺意の塊《かたまり》が、立っているだけでもやっとのエリカに対して牙《きば》を剥《む》いた。

「エリカ……ッ！」

サシャはすぐに炎《ほのお》を生み出してそれを無効化しようとする。

だが──それより早く、爆音《ばくおん》は鳴り響いた。雷撃《らいげき》は対象を直撃し、濛々と煙を噴き上げ

る。


ロディーヌが、満足そうな笑《え》みを浮かべた。

しかし煙が晴れ渡《わた》ったその時、彼女は眉を顰める。

「……手を出すな、ロディーヌ」

ルインが、エリカの前に立っていたからだろう。

ルインはロディーヌが動きを見せたその瞬間《しゅんかん》にはもう動き出しており、呼び出した【破断の刃】を盾として使うことで彼女の魔剣を防いでいた。

咄嗟のことで権能を断《た》ち切ることまでは敵《かな》わず、余波によって体のそこかしこが焼けていたが、大した傷ではない。

「これは――」

それよりも、怒《いか》りの方が先んじていた。

「――これは、エリカの戦いだ！」

ロディーヌは、睨み付けるルインに対して、本気で理解できないといった顔をする。

「ああああああああああああああっ！」

瞬間、雄叫《おたけ》びが上がった。

貰《もら》った機を逃《のが》すエリカではない。ルインが振り返ったその目に、高速でサナに迫《せま》る彼女の姿が見えた。

だが、エリカの刺突が貫いたのは、またも幻像。

彼女は素早《すばや》く振り返り、別の場所に移動していたサナへと向かう。

それでも、間に合わなかった。サナは歯を食《く》い縛りながら、迫る親友へと、再び双剣を振るおうとし――。

甲高《かんだか》い音と共に、その動きが止まった。

「えっ……？」

驚いたように固まるサナ。彼女の双剣が軌道《きどう》を大きく逸れ、明後日の方を向いている。

刃と刃が交差し重なり合う、ほんのわずかな時間。エリカはそこを見事に捉え、突《つ》き出したレイピアの切っ先で打ち、二つの剣を同時に弾《はじ》いたのだ。

「先程から見ていてようやく分かりました。その魔剣が効果を発動するのは、二つの刃が合わさるまさにその瞬間です。これで、力は使えない！」

生まれたのは、瞬《まばた》きすら出来ないほどの刹那。

それでも、エリカにとっては十分過ぎる程だった。

「サナ――ッ！」

親友の名を叫《さけ》びながら、エリカは手にもったレイピアで怒涛の連撃を開始した。

剣聖のスキルと彼女自身の培《つちか》った技術から繰り出される、正確無比なる超高速《ちょうこうそく》の刺突。それは、防御することさえ許さずにサナの魔剣を容赦なく打ち──ついには、強引《ごういん》にその手から奪い去る。

耐《た》えきれぬ衝撃によろめき、宙を舞う己の得物を、サナは信じ難いという顔で見上げた。

その間にもエリカは、更に彼女の懐《ふところ》へと入り込《こ》む。

「ああ……」

サナは声を漏《も》らし、親友を見つめ──やがては、口元を緩めた。

それは、諦めから来るものではない。大切な者に向ける、慈愛《じあい》に溢れた笑みだった。

「……わたしも、エリカみたいな強さがあったらな」

瞬間。渾身《こんしん》の力を込めたエリカの一撃が、放たれる。

彼女の心根を表すよう、あまりにも真っ直ぐに。

幻像を作る隙《すき》さえなく攻撃《こうげき》をまともに受けたサナは──遥《はる》か後方に吹《ふ》き飛んだ。

彼女は無造作に床《ゆか》を転がり、やがては、微動《びどう》だにしなくなる。

エリカは得物を突き出した姿勢のまま、吐き出した声と共に、囁《ささや》いた。

「……よかった……とどい、た……」

己の目的を達成したことで、かろうじて保っていた気力が切れたのだろう。

「ルイン、さん……あとは、お願いします……」

エリカは力無く武器を落とすと、喉奥《のどおく》から絞《しぼ》り出すようにそう言って――。

そのまま、ゆっくりと倒れていった。

「ああ。見事な戦いだったよ、エリカ。後は、任せてくれ」

ルインは、どこか満足そうな顔をしているエリカにそう言って、ロディーヌと向き合う。

彼女はしばらくの間、無言で立ち尽くしていたが、

「……なぜだ」

やがてはっきりとした困惑《こんわく》を示すかのように、そう問うてきた。

「なぜ汝はあの女を助けた。結果的に勝利はしたが……自らの力量も弁《わきま》えず強者に逆らうような弱者を、汝のように力ある者が、なぜその身を挺《てい》してまで守ったのだ」

「彼女は力量を弁えなかったんじゃない。譲《ゆず》れないものがあっただけだ」

「だとしてもそれは、明らかに自分より上位にある者に対し、命を賭してまで成さなければならないものか」

「そうだ。だからこそ、オレはエリカの戦いに横やりを入れようとした君から、彼女を守ったんだ」

「……意味が分からない。たとえどのような事情があろうと所詮は他人。加えて自らより

劣《おと》る者。守ってやる価値などないはずだ。私が納得いく理由を教えろ」

「いいよ。だけどそれは――この勝負が終わってからだ」

ルインが【破断の刃】を構えると、ロディーヌは目を瞬かせる。

だがやがて彼女は、その口元に獰猛《どうもう》な笑みを浮《う》かべた。

わずかに前傾《ぜんけい》すると、ロディーヌは新たな魔剣を手にし――ルインに向けて、突っ込んでくる。

ルインもまた床を強く蹴《け》って駆《か》け出すと、大きく弧《こ》を描《えが》いて振り下ろされる彼女の刃を、自らの得物で受け止めた。

ルインにとっては聞き馴染《なじ》んだ、金属と金属がぶつかり合う甲高い音が鳴り響く。

だがすぐにそれは、鼓膜《こまく》を苛むような激しい異音へと変わった。

ロディーヌの使う刃が――高速で回転している。

いや、正確に言えば刃の周囲についた無数の棘《とげ》が連続的に上へと動いているのだ。

それは凄まじい擦過《さっか》を実現しながら、ルインのもつ破断の刃に食い込んでくる。

ルインが瞠目している内に、視界を燃やすような火花が飛び散ち、ロディーヌの得物は更なる進行を開始した。

そのまま、削れていく。

未だかつて刃こぼれすらしなかった破断の刃を、ロディーヌの剣が侵食《しんしょく》し始めていた。

「スキルで生まれた剣に……！」

ありえない事態だ。恐らくはロディーヌの魔力《まりょく》そのものを殺傷力に変えているのだろう。

このままでは剣そのものが真っ二つに折られてしまう。

ルインは強引にロディーヌを押し返すと、横手に転がった。

そのまま再び攻撃を仕掛けられる前に、後方へと退避《たいひ》する。

（様々な魔剣を扱《あつか》う相手だ。なにがあるか分からない）

現状を分析《ぶんせき》し、ルインはサシャ達に声をかけた。

「皆《みな》、総出でかかる前に、個別でロディーヌの魔剣を少し調べたい。協力してもらえないか？」

「いいじゃろう。ならばまずは、わらわからじゃ！」

サシャが両手から次々と炎の球を生み出すと、間断なくロディーヌにぶつけていく。

彼女は重厚《じゅうこう》な鎧《よろい》を身に着けているにもかかわらず羽が生えているかのような身軽さを発揮し、次々とそれをかわしていった。

「ちょこまかと、動くな――――ッ！」

痺れを切らしたサシャが、全身から放出した炎をまとめ上げた。

まるで漆黒《しっこく》の太陽が如き球体が浮かび、使い手の意志に従ってロディーヌへと向かう。

逃げ場など許さぬとばかりの規模に、彼女は足を止めた。

だが諦めたわけではない。素早く腰を捻《ひね》ると一本の剣を抜いた。

何をする気かと身構えたサシャだったが、現れた得物を見て拍子《ひょうし》抜けする。

ロディーヌの持つ剣には、柄と鍔《つば》があるだけで、刃が存在していなかったのだ。

「なんだそれは。馬鹿にでもしているのか……ッ⁉」

真剣《しんけん》勝負に水を差されたように顔をしかめるサシャに、ロディーヌは口端を上げる。

「いや、魔刃騎士達《たち》を纏《まと》めて倒したその力、素晴《すば》らしいと思ってな。……少し、借りるぞ」

ロディーヌが刃の無い剣を、自らを破滅《はめつ》せんとするサシャの炎に向けた直後。

闇深き火は、そのまま彼女の得物へと吸い込まれていった。

轟、という唸《うな》りと共に――。

ロディーヌの手にある剣に、燃え盛る漆黒の炎で造られた刃が誕生する。

彼女が大仰《おおぎょう》に振るうと、剣から放たれた焔が波動となって虚空《こくう》を駆けた。

「なんじゃあの武器は……いかん！　ルイン、避《さ》けろ。わらわの炎はわらわでは消せぬ！」

サシャが声をかけると同時にその場から跳《と》び上がる。ルインもまた彼女とは逆方向に転がった。強烈な炸裂音《さくれつおん》が轟《とどろ》き、先程までルイン達の居た場所が深々と砕《くだ》かれ、大量の瓦礫が舞い上がる。

そのまま立て続けに炎を放たれ、サシャは立場が逆転したように慌ててそれらを避ける羽目になった。

「ああ、もう、なにしてるのよ、サシャ！」

そこでアンゼリカが水のうねりをぶつけると、ロディーヌは剣の炎でそれを掻き消す。

回数制限があるのか、そこで彼女の刃から火は消え去った。

「仮にも魔王が、自分の技を奪われてどうすんの⁉」

アンゼリカに責められたサシャが、慌てたように反駁《はんばく》する。

「仕方ないじゃろうが！　他人の権能を自分の物にする権能など聞いたことがないわ！」

「……しかし、これでさっきみたいなサシャの大技を安易に使う訳にもいかなくなったわけか」

あれほどの規模の攻撃を敵に奪《うば》われてしまうのは、さすがに厳しかった。

「……どいてサシャ。私がやる」

と、そこで静かな声が聞こえる。

ルインが視線を向けると、リリスが立ち上がるところだった。

「リリス、毒は大丈夫なのか？」

ルインが声をかけると彼女は無言で親指を立てる。問題ない、という意味なのだろう。

「私は魔族《まぞく》だから回復も早かったみたい。セレネはもう少しかかりそうだけど」

「ごめんなさい、ルイン……」

苦しげに顔を顰めるセレネに、ルインは気にすることはないと首を振る。

「あの魔剣がサシャの炎みたいに自然現象を象《かたど》ったものを刃にするのなら、次は私がやってみる」

確かにリリスの権能は、物理的な攻撃力《こうげきりょく》にも優《すぐ》れていた。

「頼《たの》めるか。必要があればオレも加わる」

短く「了解《りようかい》」と答えてリリスが前傾姿勢をとると、彼女の体が急速な変化を始めた。

脚《あし》に針金のような毛が生え狼《おおかみ》のようになり、両腕《りょううで》が膨《ふく》れ上がり強靭《きょうじん》な筋肉を得たかと思えば、びっしりとした赤銅色《しゃくどういろ》の鱗《うろこ》が生え始める。

高速の動きを得意とする【アサルト・ウルフ】に尋常《じんじょう》ならざる腕力《わんりょく》と防御力《ぼうぎょりょく》を誇る【レッド・エンペラー・ドラゴン】という魔物《まもの》の力を再現した、リリスにとっては基本的な戦《せん》闘《とう》型とも呼べるものだ。

しかし、これまでと違《ちが》い両腕の一部、肘《ひじ》の辺りが深緑色に染まっており、そこから鎌《かま》にも似た緩《ゆる》やかに曲がった刃が伸《の》びていた。

「あれは……【ブレイド・レイザー】か？」

「相変わらず詳《くわ》しいの。どんな魔物じゃ」

「見て分かる通り、体から鋭《するど》い刃を生やしている魔物なんだけど……そうか。そういうことか」

サシャに答えながら、リリスの思惑《おもわく》を察したルインが納得していると――彼女は前に大きく踏み出した。

微かな音と共に体が掻き消え、すぐさまロディーヌの目の前に現れる。

「っ！　ほう……っ！」

思っていた以上の速度にロディーヌはわずかに虚《きょ》を衝《つ》かれたように言ったものの、すぐに彼女は背後から剣を取り出した。ルインの【破断の刃】に傷をつけたあの剣だ。

リリスは双腕《そうわん》から生えた刃を、アサルト・ウルフの力を使って猛烈《もうれつ》な勢いでロディーヌに叩《たた》きつけた。

しかしそれは寸前でロディーヌによって剣で防がれ、同時にルインも聞いたあの擦過音が鳴り響《ひび》き始める。

瞬《また》く間《ま》に高速回転する棘がリリスの刃に罅《ひび》を入れ、土くれのように派手に吹き飛ばした。

彼女は残った刃を向けるがそれもまた同じ結果に終わる。

「ルイン、あのままではいかんぞ！」

サシャが不安にかられたように言うのに、ルインは冷静なまま答えた。

「いや——あれは、作戦通りだ」

ロディーヌが、武器を失い無防備になったリリスの体に剣を振り下ろす。

だが勝利を確信していた彼女の笑みが消え去ったのは、まさにその瞬間だった。

鈍《にぶ》い音と共に、空中に幾つもの破片《はへん》が散る。

「な……に……」

ロディーヌは自らの体を見下ろし目を見開いた。

彼女の鎧に、深い傷がつけられている。

存在していないはずの、リリスが薙いだ刃によって刻まれたものだった。

「魔族の王なら、魔物のことくらい把握《はあく》しておかなきゃ」

抑揚《よくよう》なく呟きながら、リリスは両腕を引く。そこには砕かれたはずの刃が復活していた。

「ブレイド・レイザーの刃は強靭で鋭いが、それ以上に脅威的なのは『再生する』ってことだ」

ルインが説明する間にも——リリスが怒涛《どとう》の攻撃を開始した。レッド・エンペラー・ドラゴンの腕力から繰り出される一撃は全てが重く、喰《く》らえば即座《そくざ》に致命傷《ちめいしょう》となる。

それがアサルト・ウルフの能力によって残像を生むほどの速度で繰り出されるのは、相手にとって恐怖そのものだろう。

更にロディーヌが幾ら刃を砕こうともそれは即座に蘇《よみがえ》り、ほんのわずかな隙さえ生ませない。実際、ロディーヌは全ての攻撃を防いではいるものの、反撃《はんげき》に出られてはいなかった。

先程まで余裕《よゆう》をもっていた彼女の表情に、わずかな焦《あせ》りのようなものが浮かび始める。

「これは……予想外だったな……！」

「――先輩《せんぱい》を嘗《な》めない方がいいってことだね」

リリスが連続的な攻撃を繰り返しながら背筋を反らすと、すぐさま口から強烈な叫び声を上げた。言葉を伴《ともな》わないそれはしかし威力《いりょく》を伴う震動《しんどう》となって、ロディーヌの全身を襲《おそ》う。

【ブレイク・マウス】という鳴き声によって物体を破壊《はかい》する魔物の力だ。彼女が身に纏っていた鎧の各所が弾《はじ》け飛び、下にある素肌《すはだ》を晒した。

「ぐっ……！」

脳すら揺さぶる音の波を喰らい、耳から血を流しふらつくロディーヌに、リリスは更に左手を振りあげた。その拳《こぶし》が瞬く間に灰褐色《はいかっしょく》に染まり、硬《かた》い岩塊のように変わる。

ルインはすぐにその正体を悟《さと》った。

（……ストーン・ゴーレム）

世界で最も強度を持つとされる魔物の拳を、リリスは無造作に落とす。それはロディーヌの頭蓋《ずがい》を真っ向から叩き、そのまま地面へと叩き伏《ふ》せた。彼女を中心にして、周囲の床が深く陥没《かんぼつ》する。

「悪いけど、ルインの出番はなかったね」

蹴りで吹き飛ばそうというのか、左脚《ひだりあし》を同じゴーレムの物へと変えたリリスが告げた。

——だが。

「まだ……」

囁くような声が聞こえ、ルインは床に伏せるロディーヌを見た。

「まだ終わりではないぞ……！」

ロディーヌが額から血を流しながら立ち上がると、別の剣を取り出す。

「リリス！　逃げろ、なにかするつもりだ！」

ルインの忠告にリリスが反応するより早く、ロディーヌが枝のように細い刃をもつ剣を床に叩きつけた。ひと際甲高《きわかんだか》い音が響き渡り——しかしなにも起こらない。

「……なに？」

警戒《けいかい》していたリリスが怪訝《けげん》な声を上げた瞬間、それは遅《おく》れて発動した。

彼女は自らの身を震《ふる》わせて、その場で棒立ちになる。

しかもぎこちない動きで振《ふ》り返ると、ルイン達の方を向いた。

「魔物を強制的に従わせる力を持つ魔《ま》剣《けん》だ。獣《けもの》の魔《ま》王《おう》……汝にはとくと効くだろうよ」

ロディーヌが剣を振ると、リリスが姿勢を低くし――飛びかかってくる。

その瞳は血のように赤く濁《にご》っており、自らの意志を失っているのは明らかだった。

だが、

「目を覚ませ、リリス！」

ルインが命じると、リリスは正気を取り戻《もど》したように目を見開く。

攻撃を繰《く》り出す直前で動きを止め、そのまま手を下げた。

「……良かった。上手《うま》くいったみたいだな」

魔王使いは、テイムした魔王を意のままに操《あやつ》ることが出来る。それによってロディーヌの魔剣による効果が打ち破られたのだ。

「仲間を操り攻撃させるとか。ホントッ――あなた、いい性格してるわ！」

アンゼリカが嫌悪《けんお》感を剥き出しに言って、ルイン達の前に出る。

「セレネ！　あなたもう動けるんでしょ！　協力しなさい！」

「え、ええ!?」

ようやく動けるようになったばかりのセレネは急に振られて戸惑《とまど》うも、

「いいから！　あたしが権能を打つと同時に精霊《せいれい》術を使いなさい！　このあたしが人間と組んでやろうっていうんだから、ありがたく思いなさいよね！」

アンゼリカに言われて、慌《あわ》てたように杖《つえ》を上げた。

「待て、アンゼリカ。奴《やつ》は権能を奪う魔剣をもっているのじゃぞ！」

「そんなこと分かってるわよ！　あたしに考えがあるの！」

矛《ほこ》をロディーヌに向けると、アンゼリカは大量の水流を生み出す。

「【支海の魔王】を――嘗めるんじゃないわよ！」

それは、全てを飲み込む渦《うず》と化して相手へ走った。

「【天轟きし金色の王】！」

続けてセレネが精霊術を発動。大量の雷が迸《ほとばし》り、アンゼリカの作り出した渦へと纏わりつく。雷撃を伴う激流という、通常であればありえるはずのない現象が実現し、ロディーヌを襲撃《しゅうげき》した。

「あなた、サシャの炎を奪った時、あたしの権能は取り込まなかったわよね。それが吸収できる力は一度に一つだけ。全く同時にやられたらどちらかにはやられるんでしょ!?」

アンゼリカの問いに、ロディーヌは息をつく。

「……それで人間のスキルと合わせたか。考えたものよ」

彼女は背後へと手を伸ばすと、

「ならば、違う方法をとるとしよう」

引き抜《ぬ》いた別の剣を、勢いよくアンゼリカ達に向けて投擲《とうてき》した。

当てるつもりもないような雑なその動きに、どういうつもりかとアンゼリカは眉を顰《しか》めたが――次いで彼女は珍《めずら》しく間が抜けたように口を開ける。

彼女とセレネの合わせ技が、ロディーヌの投げた剣を追うようにして軌道を変えたのだ。

大きく曲がると、よりにもよって権能やスキルを使った本人達に返ってくる。

「は、はあああああああああ!?　そんなのありなわけ!?」

「ど、どうするの!?　こっちに来るわよ!?」

セレネが焦ったように言うのに、アンゼリカは急いで手を振った。

水による高い壁《かべ》が築き上げられ、返ってきた権能とスキルを受け止める。

激しい音が鳴ったものの、どうにか防ぎ切り――やがて、それらは消え去った。

「ど、どうなることかと思った……ふざけ過ぎてるでしょ、あいつ！」

悔《くや》しげに拳を握るアンゼリカに、セレネは焦燥《しょうそう》に駆られるように、唇を噛み締める。

「参ったわね。何をやっても防がれる。便利過ぎるわ、あの魔剣」

そこで引っかかるものを覚え、ルインは呟《つぶや》いた。

「……どうにも妙《みょう》だな。サシャ達に比べて、ロディーヌの権能が強過ぎる。覚醒《かくせい》して間もないにしては、魔力が回復し過ぎてないか。あれじゃまるで、全盛期《ぜんせいき》だ」

サシャを始めとして、今までルインの手によって解き放たれた魔王達《まおうたち》は、いずれも魔力の大半を失っていたのだ。

それは、女神《めがみ》の封印《ふういん》による影響《えいきょう》ではないかと言われていたのだが――。

「ふむ。自然に解放された魔王は魔力が全て戻るのか、あるいはそれ以外の理由があるのか……。じゃが、いずれにせよ彼奴《あいつ》の魔剣があと何本あるのかは知らぬが、ある程度は知れた。ここからが本番じゃ」

サシャが、ルイン達の次なる動向を待ち受けているかのように構えるロディーヌを見ながら言った。

「確かにロディーヌの権能は脅威《きょうい》じゃが、所詮《しょせん》は一人じゃ。一度に使える魔剣は精々が二つだけ。対して我らは五人おる」

「……そうね。それじゃそろそろ、全員でかかりましょうか」

アンゼリカが指の骨を鳴らして、挑戦的《ちょうせんてき》な笑みを浮かべた――そこに。

「なにか、勘違《かんちが》いしているようだな」

ロディーヌが憐《あわ》れむような目で、ルイン達を見てくる。

「誰《だれ》が……一度に使える魔剣に限りがあると言った？」

不敵な笑みを浮かべるロディーヌの背後で、放射状に並んでいた魔剣が全て動き始める。

それらはバラバラになって彼女の左右に浮かぶと、それぞれが独自に効果を発揮した。

まるで、目には見えぬ兵士が、王の命によって戦闘の構えをとるように。

「……あの、サシャ、話が違うのだけど」

セレネが青ざめながら言うと、サシャもまた口を引きつらせた。

「これは……少し不味《まず》いかの」

「少しじゃない気がする」

リリスの言葉に、アンゼリカがうんざりしたような口調で言う。

「どうするのよ。皆揃《みなそろ》ってかかったところで、さっきと同じように返《かえ》り討《う》ちに遭《あ》うのがオチよ」

「……見たところロディーヌの権能はサシャみたいな一点特化型じゃなくて、万能型《ばんのうがた》、つまりはあらゆる状況《じょうきょう》に対応が出来るみたいだ」

ルインはこれまでの経緯《けいい》を省《かえり》みながらそう言った。

故《ゆえ》にこそ、こちらの攻撃を全て凌《しの》ぎ切っているのだろう。

「だから、隙をついて、魔剣を使う余裕もないような速度と威力の一撃《いちげき》を叩きこめばいいんじゃないか。それこそ、彼女が二度と立ち上がれないほどの」

「あなたね。それが出来たら苦労はないのよ。生半可なやつじゃあの女には通じないわよ」

アンゼリカが呆《あき》れたように言って腰に手を当てるのに、ルインは微笑みかけた。

「生半可なやつじゃないなら、いいんだろ？」

「……もしや、【海竜の咆哮】のことを言っておるのか？」

サシャの問いかけに、ルインは無言で頷《うなず》いた。

【海竜の咆哮】って、クレスに撃っていたあれよね。確かに凄《すご》い威力だったけれど、ロディーヌに通じるのかしら」

「クレスに使ったのは一段階目だ。あの武器はオレの意志で威力が上がるんだよ」

セレネに説明しているルインに対し、サシャは不安げな顔を見せる。

「確かに巨大《きょだい》な魔物を一発で消し飛ばしたあの砲撃《ほうげき》であれば効果はあると思うが。しかし、それでも相手は魔王じゃぞ。一撃必殺といくかどうか」

「ああ。だから――『三段階目』を試《ため》してみる」

二段階目ですらあの威力だったのだから、その上となれば予想もつかぬような結果をもたらすことだろう。

「大丈夫《だいじょうぶ》？　その分、反動もかなりのものになると思うけど。二段階目を見ても、仮に私やサシャ達が協力してルインの後ろについて押《お》さえたところで、耐えられるかどうかってところだと思う」

「そうね。第一、狙《ねら》いも定まりにくいんじゃない？」

リリスとアンゼリカの指摘《してき》は尤《もっと》もだった。だが、それでもルインは頷く。

「大丈夫。なんとかしてみせるよ」

自分の策が上手く機能するのであれば、突破口《とっぱこう》にはなりえるはずだ。

そう確信があるが故の言葉ではあったが、あまりに気軽な言い方をした為だろう。サシャはぽかんとした表情を見せ——だがすぐに苦笑《くしょう》交じりの吐息《といき》をつく。

「なにを馬鹿な、というところじゃが……お主が言うのであれば信じてしまうの。まったく、返す返すも度《ど》し難《がた》い男じゃ」

他の皆もサシャと同じような意見のようだ。

困ったような、しかしどこか嬉《うれ》しそうな顔で見て来る。

「分かったわよ。あなたがとんでもないことする人間だってのは身を以て知ったから。任せてあげる」

「そだね。ルインなら多分、やれそう」

アンゼリカとリリスが言い合うのに、セレネはどこか切なそうに自らの胸の辺りを掴《つか》み、

「本当は、心配だけど。でも、ルインが言うなら信じてみる。無理はしないでね」

「……ああ。ありがとう、セレネ」

ルインは幼馴染《おさななじみ》を安心させる為に笑みを返して、ロディーヌの方を向いた。

「皆、ロディーヌの目を誤魔化《ごまか》す為にも攻撃を続けてくれ」

言いながら漆黒の炎を呼び出すと、内部から【海竜の咆哮】を取り出し腕《うで》に装着する。

「うむ。頼むぞ、ルイン」

「ちゃんとやんなさいよね」

「決着をつけよう」

「……頑張《がんば》って、ルイン」

サシャ達はそれぞれの権能、スキルを発動し、ロディーヌへと飛びかかった。

「次はどうしてくれる？　期待外れな真似《まね》はしてくれるなよ」

新たな刺激《しげき》を望むかのようにルイン達の動きを待っていたロディーヌが、複数の魔剣と共にそれを迎《むか》え撃つ。

「案ずるな。すぐにそんな余裕は、消えてなくなる！」

サシャが闇《やみ》の炎を纏い、ロディーヌへと飛ばした。

それを契機《けいき》として、セレネの嵐《あらし》の如き疾風《しっぷう》が、アンゼリカの全てを飲み込む海の渦が、リリスの不可視の速度で攻《せ》め立てる魔物の攻撃が――。

時に交互《こうご》に、時に入り乱れながらロディーヌを攻め立てた。

彼女はそれらを魔剣を駆使《くし》し、防ぎ、操り、無効化していく。

轟音《ごうおん》が絶えずして謁見《えっけん》の間に響き、天井《てんじょう》や床を揺《ゆ》るがした。

「どうした！　さっきと同じことばかりで、つまらぬぞ！」

ロディーヌが苛立《いらだ》つように叫んだ瞬間、サシャが手を翳《かざ》した。

「ほざけ若造が。いつまでも調子に乗るなよ」

虚空に燃《も》え盛《さか》る炎が、ロディーヌの身を焼き尽《つ》くさんと迫る。

同時にアンゼリカとセレネがそれぞれに権能とスキルを使い、鋭い水の槍《やり》と氷の礫《つぶて》をぶつけた。

「何度やっても無駄《むだ》だ！」

ロディーヌは魔剣によってサシャの炎を取り込み、彼女へ放った。アンゼリカ達の攻撃は別の魔剣が自動的に動いて大きく逸らし、更《さら》にもう一本が鞭《むち》のように伸びて二人を縛《しば》る。

エナクスが使っていたものだ。

「汝《なんじ》らの力と動きは既《すで》に把握した。私には、勝てぬ！」

次いでロディーヌが天を仰《あお》いで叫ぶと同時、彼女の頭上に移動し攻撃を仕掛《しか》けようとしたリリスに、自らの意志を持ったかのような三本目の魔剣が向かった。刃を振り払《はら》うと閃《せん》光《こう》が走り、リリスは全身に激しい雷撃を受けて落ちる。

「動きは把握しただと……？」

だが。そこで——初めて。

ロディーヌは、己《おのれ》に接近する人物に、気が付いた。

「そういう台詞《せりふ》が通じるのは、凡百《ぼんぴゃく》の連中だけじゃ」

サシャがロディーヌの眼前で、炎を宿した拳を振りかぶる。その服は焼け焦げ、露出《ろしゅつ》した肌《はだ》には深い傷を負っていた。

「私が撃ち返した権能に、自ら突っ込んだのか⁉」

驚愕《きょうがく》するロディーヌの、顔面に。

「覚えておけ。覚悟《かくご》を持った存在は——時に、想像など軽く超《こ》えていく」

サシャは、自らの拳を叩きつけた。

炎を伴った一撃に、ロディーヌは無造作に吹き飛んでいく。

「ルイン！　今じゃッ！」

サシャが叫ぶや否《いな》や、予《あらかじ》め攻撃を準備していたルインは飛び出した。

ロディーヌが体勢を整えるより早く――筒《つつ》の先端《せんたん》を彼女に向ける。

「喰らいつけ。【海竜の咆哮】ッ！」

途方《とほう》もない水圧の一撃を、放った。

それはロディーヌを確かに捉《とら》え、尋常ならざる勢いをもって彼女を打ちのめす。

「がっ……ッ！」

ルインは反動で強制的に後方に飛ばされながらも、ロディーヌが壁へとまともに叩きつけられるのを見た。周囲の石材に罅が入り、大きく陥没する。

「ぐっ……この程度ではまだ倒《たお》れんぞッ！」

だがロディーヌはすぐに壁を蹴って跳び上がり、床へと着地する。息を切らしていたが、それでも彼女は立ち上がった。

「やっぱりダメだったの……!?」

悲痛な声を上げるセレネだったが、ルインはわずかな笑みと共に叫んだ。

「いいや。今のはまだ『一段階目』だッ！」

勢いよく、手を引く。

鈍い音が鳴り、それは繋《つな》がった者を道づれにせんとして動きを開始した。

「……これは」

ロディーヌは瞠目《どうもく》し、自らの足元を見下ろす。

そこには、【獣王の鉄槌】による鉄球付きの鎖《くさり》が幾重《いくえ》にも巻き付いていた。

本来の狙いはこれだ。だからこそ、わざと反動の小さい一段階目を使ったのだ。

ルインがセレネに答えている間もロディーヌは抗《あらが》おうとするが、吹き飛ぶルインの勢いに巻き込まれて、ついに体勢を崩《くず》した。

「今だ――――ッ!」

ルインは柄《つか》を引っ張り込み、渾身の力でロディーヌを放り投げる。

宙を舞《ま》うロディーヌの体が天井近くまで上がり、丁度、床を削《けず》りながら停止した己の目の前に来るのを確認《かくにん》した。

「……まさか、先程《さきほど》の汝の攻撃は……!」

事を察して顔を強張《こわば》らせるロディーヌに対し、ルインは仰向《あおむ》けになった状態のままで【海竜の咆哮】を向けた。

そう、今、この場所であれば。

(直線上に相手が位置し、背中が床に面している状況であれば!)

外すことも、反動で吹き飛ぶ恐《おそ》れもない。

ルインが触《ふ》れた砲筒《ほうづつ》の宝玉が、赤へと変化した。

『集中砲撃可能』

託宣《たくせん》が、ルインの望んだ言葉を浮かび上がらせる。

『現在の段階は、《海神級《かいしん》》です』

これで終わらせる。

ルインは揺るぎなき決意のままに、何よりも強く叫んだ。

「喰らいつけ、【海竜の咆哮】ッ‼」

神域と呼ぶに相応《ふさわ》しき、尋常ならざる轟音が鳴り響く。

堅牢《けんろう》なはずの王城が、怯《おび》えるように震えた。

砲身から射出された超長大《ちょうちょうだい》な一撃が、瀑布《ばくふ》の如き勢力を以《もっ》てロディーヌを狙う。

同時に、逃《に》げ場《ば》をなくした反動はルインを通して後ろの床に伝わり、広範囲《こうはんい》に亘って苛《か》烈《れつ》に砕き割った。

「がっ……ッ！」

ルインの全身の骨が悲鳴を、いや、断末魔《だんまつま》に近い声を上げる。まるで巨人《きょじん》が全力で拳を叩きつけてきたような、体験したことのない衝撃《しょうげき》と痛みを味わった。

それでも歯が割れんばかりに噛《か》み締《し》めて耐え、結果を見届けようと、前方を確認する。

ロディーヌは咄嗟《とっさ》に魔剣を使い、ルインの矢を凌いだ防御壁《ぼうぎょへき》を造り上げた。

だが、あらゆるものを超越《ちょうえつ》した水砲がそれを容易《たやす》く打ち破り、即座に木端微塵《こっぱみじん》と化す。

そして、次の瞬間《しゅんかん》。

海神の奔流《ほんりゅう》は絶対的な力をもって、ロディーヌを直撃《ちょくげき》した。

いや、それどころではない。彼女の体ごと更に多大な圧力をもって押し続け――。

天井に、巨大な穴を開ける。

更に勢いは止まらず、その上の、また上の、最上すらも貫《つらぬ》き続けていき。

最後には、鮮《あざ》やかな蒼穹《そうきゅう》すらも覗《のぞ》かせた。

「……すごいな」

さしものルインも、予想外だった。

やがて、遥か上方から、小さな何かが現れる。

全ての鎧を砕かれたロディーヌが落下し――そのまま、床へと倒れ伏《ふ》した。

気合を入れ、ルインはどうにか体を起こす。

未《いま》だ全身が痛みを訴《うった》えているものの、動けないほどではなかった。

「……これが……」

ロディーヌは満身創痍《まんしんそうい》と言うに相応しい状態のまま、限界から絞り出すような声で呟き、

「……これが、魔王使いの力、か」

そのまま、微動だにしなくなった。

「なんとか……倒せたか」

さすがに二撃目を撃《う》つのは避けたいところだったと、ルインはようやく胸を撫《な》で下ろす。

「ルイン⁉　大丈夫か⁉」

攻撃の最中は、とても介入《かいにゅう》できなかったのだろう。

サシャを始めとした仲間達が、息せき切って駆《か》けつけて来た。

「ああ、まあ、なんとかね。さすがに、ちょっときついけど」

安心させるように答えたつもりが、サシャ達は揃《そろ》って顔を引きつらせる。

「あんなものを撃っておいて、ちょっときついで済ますのか、お主は。つくづく信じられんな……」

「人間じゃないというか、魔族でもそんな頑丈《がんじょう》じゃないわよ。あなた、本当にどういう奴なのよ」

「色々驚《おどろ》かされてきたけど、まだ新しい発見があるんだね、ルインって」

「……幼馴染とはいえ、たまに底知れないものを感じるわね、あなたには」

それぞれからありえないものでも見るような眼差《まなざ》しを向けられたが、ルインとしては戸惑うだけだった。

「しかし、まあ、あんなものを喰らえば、さすがのあやつも再起不可能じゃろう」

サシャが倒れ伏したロディーヌを見て告げる。

その場にいた全員が、同意するように頷いたが――その直後。

「……さすがに……死を感じたぞ、魔王使い……」

かろうじて、というような動きではあったが、ロディーヌが立ち上がった。

「うげ。ルインもそうだけどあなたもどれだけ丈夫《じょうぶ》なのよ。引くわ」

アンゼリカが心底から嫌《いや》そうな顔を作るのに、彼女《かのじょ》は血まみれになったまま笑う。

「余裕ではない、がな……さあ、まだ勝負はついていない、ぞ……」

「……そうか」

ルインは【破断の刃】を呼び出し、ロディーヌと対峙《たいじ》する。

「フン……だが、どうせもう、ろくに動けはしまい」

ロディーヌは自嘲《じちょう》するように言うと、その手を掲《かか》げた。

彼女の命に従うよう、周囲に浮《う》かんでいた魔剣が、一か所に集合していく。

眩《まばゆ》い光が溢《あふ》れ――やがて誕生したのは、一本の巨大な剣だった。

「ならば……真っ向勝負と、いこう。汝の全力を見せてみろ、魔王使い。私は最後の力でそれを受けてやる。どちらに天秤《てんびん》が傾《かたむ》くか、試すのも……悪くはないだろう？」

「いいだろう。サシャ！」

ルインが名を呼ぶと、既に心得ていたとばかりにサシャが炎《ほのお》を飛ばした。

破断の刃でそれを断《た》ち切ると、剣が権能に含《ふく》まれる魔力を吸収し、刃が伸長《しんちょう》した。

「行くぞ、ロディーヌ」

「来い、魔王使い」

大剣《たいけん》を肩《かた》に担《かつ》ぎ、ロディーヌは残された命の炎を燃やすように、高らかに叫《さけ》ぶ。

「此《こ》れにて終局。いざ尋常に――死力を尽くせ！」

同時。ロディーヌは床《ゆか》を砕き割る勢いで足を踏《ふ》み出し、突《つ》っ込《こ》んできた。

ルインもまた疾走《しっそう》し、彼女の頭上高く跳躍《ちょうやく》する。

「オオオオオオオオオオオオオオオオオオオッ！」

渾身《こんしん》の力で振り被《かぶ》った巨大な刃を、真っ向から振り下ろした。

「嗚呼《ああ》嗚呼《ああ》嗚呼《ああ》嗚呼《ああ》嗚呼《ああ》嗚呼《ああ》嗚呼《ああ》嗚呼《ああ》――ッ！」

ロディーヌもまた全身全霊《ぜんしんぜんれい》の一撃を返してくる。

ぶつかり合う刃と刃が、常軌《じょうき》を逸《いっ》した威力に悲鳴を上げ、周囲に多大な衝撃波《しょうげきは》を撒《ま》き散らす。

ルインが振るえばロディーヌもそれに応え、ロディーヌが振るえばルインもまた応えた。

一つ一つが恐ろしいまでに強い圧を持ち、ほんのわずかに臆《おく》することさえ許されない。

人智《じんち》を超えた戦いの苛烈さに、ロディーヌは窮地《きゅうち》とは思えぬような喜びの笑《え》みを浮かべる。まるで死を賭《と》して挑《いど》むことこそが、己の存在価値であると主張するかのように。

巨大な力と力がぶつかり合い、拮抗《きっこう》し、膨大《ぼうだい》な熱を生んだ。

ルインとロディーヌによる斬《き》り合いは、幾度《いくど》も幾度も繰り返される。

まるで、永劫《えいごう》に続くかのように。

しかし――ついに、その時は訪《おとず》れた。

「……ッ！」

ルインが頭上から叩きつけた大剣をロディーヌがこれまでのように自らの得物で受け止めたが、微《かす》かに割れるような音が響く。

【破断の刃】の刃に、罅が入った。それは致命《ちめい》への序曲であるかのように、少しずつ広がりを見せ始める。ロディーヌが、確信を得たかのように再び口元を歪《ゆが》めた。

そして。

「……見事だ」

彼女はそう言って、目を細めた。ルインに対し、敬意を込めるようにして。

「汝を――私より強き者として、認めよう」

次の瞬間、激しい破壊音が謁見の間に響き渡《わた》る。

ロディーヌの持つ大剣の刃が、木端微塵に砕け散った。

ルインの刃は、鎧《よろい》ごと彼女の体を深々と切り裂《さ》く。

「……私の、負けだ」

そう呟くと、ロディーヌは大量の血を噴《ふ》き上げて、脱力《だつりょく》するように膝《ひざ》をついた。

ルインは【破断の刃】を大きく振り、息を吐《は》く。

「君も、相当なものだったよ」

心からの言葉として、ルインは伝えた。

勝敗が決し、場には静寂《せいじゃく》が戻る。

だが間もなく、駆《か》けるような足音と共に、ルインは誰かに抱《だ》きしめられた。

「ルイン！　良かった……！」

振り返ると、セレネが泣き腫《は》らした顔を、胸元《むなもと》に寄せてくる。

「やれやれ。最後までハラハラさせよって」

彼女の後ろからやって来たサシャが、怒《おこ》っていいのか喜んでいいのか分からないといった顔で腕を組む。

「なんか手を出せない雰囲気《ふんいき》だったからつい見守っちゃったけど。相手も限界だったなら、全員でやっちゃえばよかったんじゃないの？」

アンゼリカが顔をしかめるのに、ルインは頬《ほお》を掻《か》いた。

「確かにそうなんだけど。オレも強くなろうと足掻《あが》いた人間だからな。その頂点を極《きわ》めようとしたロディーヌと、一対一で戦ってみたかったんだ」

「そういうの、酔狂《すいきょう》っていうんだよ」

呆れたように言うリリスに、サシャは苦笑する。

「ま、気持ちは分からんでもないがな。……あとセレネ。お主はいつまでくっついておる」

サシャに襟首《えりくび》を掴まれ強引《ごういん》にルインから引き離《はな》され、セレネは「ああ⁉」と少し名残惜《なごりお》しそうな声を出した。

「まったく油断も隙《すき》もない……」

「油断ってなんの」

呟いたサシャにリリスが反応すると、彼女は「なんでもないわい！」と言い返す。

「リリスの言う通りだな。でも……ロディーヌも同じようなことを思ったんじゃないか？」

ルインが声をかけると、床に胡坐《あぐら》をかいていたロディーヌが顔を上げた。あれだけの傷を負って意識を失っていないのは驚嘆《きょうたん》すべきものだが、それでも戦うだけの余力はないらしく、これまでからは考えられないほどに大人しい。

「さっきの剣《けん》は確かに破壊力《はかいりょく》には優《すぐ》れていたけど、それだけだ。いくらろくに動けなかったとしても、他の魔剣を織り交ぜた方が戦いには有利だったはず。君も、そういったものを使わずにぶつかり合ってみたかった、そうじゃないか？」

「……無粋《ぶすい》な男だな。そのようなことは伏して語らぬことが美徳というものを」

言葉とは裏腹に、ロディーヌの口調からは敵意が消えていた。

「海竜の咆哮、であったか。あのような攻撃《こうげき》を見せつけられ、汝には小手先の技を使ったところで通じぬと……そう判断したこともある、が」

疲《つか》れ切ったように、しかしそれでいて満足そうに、ロディーヌは言った。

「ルイン、といったか。汝はあらゆる意味で、私が出会ったことのない人間であった。それ故に……純粋《じゅんすい》な力のみでやり合ってみたかったのは確かだ。私は、魔王である前に、一《いっ》介《かい》の武人だからな」

ルインを見て、ロディーヌは柔《やわ》らかな笑みを浮かべる。

「まったく、汝は強いな。三人の魔王が従っているのも良く分かる。汝に使われるのであれば……悪くはない」

「何度も言わせないでくれ。サシャ達《たち》は仲間だ。使っているつもりはないよ」

言って差し出したルインの手を。

最初、意外そうに見ていたロディーヌだが——やがて、握《にぎ》り返してきた。

そのまま引っ張り上げられて立ち上がり、彼女は全てを受け入れたように告げて来る。

「勝敗は決した。ルイン、汝の好きにするが良い。私に異論はない」

「……分かった」

「だが、その前に、先程の私の問いに答えてはくれまいか。なぜ汝が弱き者を守ろうとしたのか、を」

「ん、そうだな。君が納得《なっとく》できるかどうかは分からないけど……」

あくまでも自分の考えだから、という前置きをして、ルインは語り始めようとした。

「——ロ、ロディーヌ様！　大変です！」

が、その時。場の空気を打ち破るようにして、悲愴《ひそう》な声が聞こえて来る。

ルイン達が振り返ると、息せき切って駆けこんできたのは、グランディスの兵士だった。

「え……こ、これは⁉」

倒れる魔刃騎士達《たち》の姿を見て当惑《とうわく》する彼《かれ》に、ロディーヌは厳しい声を飛ばす。

「何事だ。報告しろ！」

その迫力《はくりょく》に、兵士は即座に姿勢を正すと共に敬礼した。

「は、はっ！　緊急事態《きんきゅう》です。街が……街の住人が、襲われています！」

「なに？　誰にだ⁉」

「はっ。そ、それが……」

何故《なぜ》か言い辛《づら》そうにする兵士だったが、ロディーヌから「ぐずぐずするな！」と怒鳴《どな》りつけられると、彼は意を決したように続けた。

「その――下級国民に、です」

「……なに？」

ロディーヌだけでなく、ルイン達とて言葉の意味をすぐには理解できなかった。

兵士は自身もまた呑《の》み込みきれていないというように、声を震わせる。

「か、下級国民が上級国民を襲い始めているのです……！　ロディーヌ様、ご対処を！」

最終章——邂逅と展望の彼方へ

兵士の報を受けたロディーヌは、ルイン達が止めるのも聞かずそのまま謁見の間を飛び出していった。

ルイン達はエリカと倒れた魔刃騎士《まじんきし》をリリスの【キュアル・バタフライ】の力によって回復させると、未だ目が覚めない彼らを一先《ひとま》ずは置いて、彼女の後を追う。

そうして城を出ると――兵士の言う通り、驚くべき光景が広がっていた。

広々としたグランディスの街のそこかしこで、乱闘《らんとう》が起こっている。

主に大きな被害《ひがい》をもたらしているのは権能《けんのう》を使える魔族《まぞく》だが、人間達もまた手に武器をもち、怒号《どごう》と共に周囲の者へ攻撃を仕掛けていた。

だがよくよく見れば襲《おそ》われている者には共通点がある。全員が胸に同じ意匠《いしょう》の印章をつけていた。ロディーヌによって認められた上級国民だ。

本来『強き者』であるはずの上級国民だが、襲撃をかけている下級国民たちは皆《みな》、容易に彼らを組《く》み伏《ふ》せていた。ルインの目には、その身体能力や権能の効果が、ありえないほ

The demon lord tamer's strongest domination

どに強化されているように見える。

「これは……どういうことだ」

ロディーヌは戸惑うようにして呟いたが、すぐにルインはある可能性に行き着いた。

「……魔王《まおう》の刺客《しかく》がやったことかもしれない」

「なに？　魔王？」

「今この世界を統治している魔王、その刺客が仕掛けたんだと思う。以前にもあったんだ。心を操って、魔族と人間を対立させようとした」

もしやまた同じことをしようというのだろうか。しかしあの時は、アンゼリカを仲間に引き入れる為《ため》だった。今回はどういう目的があるというのか。

「ねえ……あそこにいるの、オルダンさんじゃないかしら」

セレネが指差す先には、唸《うな》り声《ごえ》を上げて暴れている魔族の男がいた。確かに隠《かく》れ家《が》にいるはずのオルダンだ。見れば他にも見た顔がある。

「オルダンさん！　やめてください！」

ルインは駆け寄ってその身を羽交《はが》い絞《じ》めにするが、彼はまるで言うことを聞いてくれなかった。白目を剥《む》いた顔で、泡《あわ》を飛ばしながら叫ぶ。

「コロス……私達ヲ虐ゲタ奴ラを……ッ！　アアアアアアアアッ！」

ルインの拘束《こうそく》を振《ふ》り切ると、彼はそのまま走り去っていった。

「……ダメだ。完全に理性を失っている」

あれでは説得することは不可能だ。

「以前とは少し違《ちが》うの。心を操《あやつ》っているというよりは、一つの感情を増幅《ぞうふく》させているようじゃ」

不必要に騒動《そうどう》に巻き込まれないよう戻《もど》ってきたルインに、サシャが言った。

「ああ。どうも、上級国民の被害を受けて溜《た》まっていた下級国民の憎《にく》しみを膨《ふく》らませているみたいだ」

「それで手当《てあ》たり次第《しだい》にじゃなくて、上級国民にだけ狙いを定めてるのね」

「そうだな。だけど……」

納得したように言うアンゼリカに頷きながら、ルインはロディーヌを見る。

「ロディーヌ。やったのは魔王の刺客だけど、これが君の作り出した世界の末路だとオレは思う」

「なに？　……今のこの状態が、か？」

「そう。君の言う『強き者』——能力のある人が優遇《ゆうぐう》されるべきだというのにはある種の正しさはある。だけど、そうでないヒトだっていつまでもそのままだとは限らない。無能だと罵《ののし》られ、理不尽《りふじん》な扱《あつか》いを受け続けてきたヒト達が、ある時もし強大な力を持ったとすれば。その時は、どうなると思う」

「……今みたいなことになるかもね」

リリスが感情の籠《こも》らない声で、ロディーヌの代わりに答えた。

「そうだ。今までの酬《むく》いを受けさせるべく、復讐《ふくしゅう》を始めるだろう。自分達の受けた暴力をそのまま相手に返すはずだ。今回は意図的に起こされたものかもしれないけど、遠からず別の要因で同じことが起こってもおかしくはなかったんだ」

ルインは、憎悪《ぞうお》を止《や》むことなく相手にぶつけ続ける下級国民の様子を痛ましく思いながら続ける。

「弱き者が強き者になった時、報復をしたいと思うか、かつての自分達のような者達を守る為に力を使いたいと思うか。それは、それまで受けて来た扱いによって変わるんだ」

「……汝はその為に弱者を守っているというのか」

背後からのロディーヌの問いに、ルインは首を振って、

「もちろん、それだけじゃない。でも、全てを平等にするっていうのはそういう助け合う未来を創るってことでもあると思う。だから――」

己の心に確固としてある想《おも》いを、口にした。

「だからオレは、全部を受け入れて、区別なく助けたいんだ」

次いで【破断《はだん》の刃】を呼び出し、その柄を握る。街の住民による暴動を止める為に。

サシャ達もまたルインの意志を読み取っているというように、それに続こうとした。

だが、

「……待て」

ロディーヌは、おぼつかない足取りでルインの傍《そば》を通り抜《ぬ》け、やがて前に立つ。

「なによ。あたし達のやることに文句でもあるわけ？」

だったらかかってこい、とばかりにアンゼリカが棘《とげ》のある声を出すが、

「いや。一人一人を止めるには限界がある。私の魔剣《まけん》を使えば事は収まるだろう」

「……纏《まと》めて薙《な》ぎ倒すなんてのはダメだぞ」

ルインの指摘に、ロディーヌは可笑《おか》しそうに口端《くちは》を上げる。

「一定範囲《はんい》の権能やスキルの使用を封《ふう》じる効果がある魔剣を使う。既に発動したものも無効化するから自然と下級国民どもの暴走も終わるはずだ。私自身も無力化するから、普段《ふだん》は使わぬのだがな」

「ああ……そういえば、君が過去にそうしたことをやっていた、とセレネが話していたな」

「フン。お主にしては随分《ずいぶん》と平和的な選択《せんたく》じゃな」

皮肉げな調子のサシャに、ロディーヌが打って変わって真剣《しんけん》な顔をする。

「……ルインの言葉には、一考の価値があった。己のやり方にわずかでも過《あやま》ちがあると認めるのであれば、王としてこの騒動を招いた責任をとる必要がある」

鈍《にぶ》い音を発し、ロディーヌの前に一本の剣が現れた。

儀礼《ぎれい》であるかのように刃を丸めたそれを手にとり、彼女は地面に突き刺《さ》す。

「――我《わ》が界に一切《いっさい》の力無し」

言葉と共に剣自体が発光。やがてその輝《かがや》きは、街全てを照らすほどに広がっていった。

その現象に伴《ともな》い、ルインの持っていた【破断の刃】の姿が薄《うす》れ、やがて完全に消えた。

スキルや権能を封じ、無効化するというのは本当のようだ。

閃光を浴びた下級国民達もまた、間もなく動きを止め始めた。

彼らは揃って、眠《ねむ》りから目覚めたばかりであるかのような顔をする。

「ふむ。解決したようじゃ」

安堵《あんど》したようにサシャが言った。対処が早かったおかげか、城から見る限りではさほど大きな被害が出たわけではないようだ。

傷ついた者はいるが、深手を負った者や亡《な》くなった者はいない。

「……いや、まだだ」

だがロディーヌはそうサシャへ返すと、前に出た。

事態が飲み込めないのか戸惑《とまど》っている住民達に対し、大きく息を吸った後、

「――聞け！　我が臣民達よ！」

その朗々とした声で、全員が彼女に注目する。

「上級国民達よ。汝らが受けた一方的な暴虐《ぼうぎゃく》は、普段から下級国民が耐《た》えているものだ！

そのことは深く心に刻め！」

ルインに受けた傷がまだ癒《い》えていないにもかかわらず、それをまるで窺《うかが》わせないような
堂々たる態度で、ロディーヌは住民達に呼びかけ続けた。

「だが此度《こたび》の騒乱、理由は説明できぬが、私に非がある！　よって上級国民は納得がいか
ず心に溜まった鬱憤《うっぷん》や憤《いきどお》りがあるならば、その全てを私にぶつけるが良い！　どのような
責めも甘《あま》んじて受けよう！　また、そのような事情故《ゆえ》、下級国民も必要以上に己に罪を感
じることはない！　全て私が悪いのだ！」

下級国民も上級国民も、ロディーヌの言葉に顔を見合わせる。

彼女にそう言われたからといって、すぐに互《たが》いを許せるものではないだろう。

だがそれでも、彼らはそれ以上争うことはしなかった。

双方《そうほう》に、思うところがあったのだろう。

中には上級国民の受けた傷を治療《ちりょう》しようと動く者も現れたが――やがて二つの勢力は離れていき、人々の姿は大通りから消えていった。

「……ま、一時休戦といったところだね」

リリスが呟《つぶや》きに、ルインもまた頷《うなず》く。

「重要なのはここからだろうな。なんとか、上手《うま》くいくといいけど」

一度凝《こ》り固《かた》まったヒトの心はそう簡単には変わらない。

それでも変えたいという者が現れれば、少しずつだが良い方へと向かって行くはずだと、ルインはそう信じたかった。

「魔王使いよ。私はこの街の支配から手を引く。汝の望み通り、グランディスを解放し、全ての国民に自由を許そう」

と、そこでロディーヌが思ってもみない発言をする。驚いてルインが見ると、彼女は街の様子を眺《なが》めたままで、

「私の考えの全てが間違《まちが》っているとは思わない。だが、先程も申した通り汝の言葉には理があった。それに……私は、己より強い者には従う主義なのでな」

「……本当にいいのか？」

「ああ。だが、その代わりといってはなんだが、この街の住民達が望むのであれば、彼ら

を受け入れる場所を探して欲《ほ》しいのだ。人間と魔族、両者が共存していたという事実は双方にとって、今の時代に都合が悪いものだろう。解放され元に戻ったこの王都が彼らを受け入れてくれるとも限らない。だが、他に行く場所があるとも思えなくてな」

それはルインにとっても、願っても無い話だった。

「ああ、もちろん。オレは人間と魔族の両者が平等に暮らす国を作ろうと思っている。サシャの城なら、大歓迎《だいかんげい》だ」

「……平等に、か。ある意味では、私が定めていった法より実現が難しいことかもしれぬ」

確かにそうだ。人は違うものを恐れ、拒絶《きょぜつ》し、遠ざけ、時に自らより劣《おと》るものだと認識《にんしき》しようとする。だがそれでも――とルインは思う。

「それでも我らは目指すべきじゃ。共に手をとり、互いが思いやりながら暮らせる国をな」

自らの気持ちを代弁してくれたサシャに、ルインは「ああ」と深く頷いた。

「ならば私はその城の護衛につくとしよう。『弱き者』達も移住するであろう、その場所を失わぬ為にな」

「ロディーヌ……じゃあ」

「ああ。ルイン、私をテイムしろ」

ロディーヌは澄《す》み切った瞳《ひとみ》で、躊躇《ためら》いなく告げた。

「汝には――その資格がある」

「……ありがとう。なら、ロディーヌの魔剣の効力が切れ次第、スキルを使わせてもらうよ」

「うむ。まあ、下級国民……いや、住民達が私を受け入れてくれればの話だがな」

「確かにあなた、酷《ひど》い制度作ってたしね。滅茶苦茶《めちゃくちゃ》嫌《きら》われてるわよ」

アンゼリカが嫌味《いやみ》っぽく口にした言葉に、セレネが慌《あわ》てたように彼女の肩を掴《つか》む。

「も、もう！　せっかく上手くいってるのに、どうしてそういうこと言うのよ!?」

「事実は事実でしょ。そう都合良くいくかって言ってるの」

「そ、それはそうだけど……」

「……いえ。その点は問題ありませんよ」

後ろから聞こえた声に、ルインは振り返った。そこには、城から出てくるエリカの姿がある。リリスの力によって、その傷は完全に癒えていた。

「私が、責任をもって皆を説得します」

「……エリカ。聞いていたのか？」

「すみません。大体のところは。意識を取り戻したのでルインさんを追って、結構前から近くに居たんですが、色々とあり過ぎて出る機会を失ってしまって」

申し訳なさそうに頭を下げるエリカだが、目を覚まして外に出たら住民同士が争い合っていたのだから、無理もないだろう。

「今のロディーヌであれば信じられると私は思います。時間はかかるかもしれませんが、納得させてみせますよ」

「……本当に良いのか？　私は汝《なんじ》の仲間を無理矢理《むりやり》、配下にした者だぞ」

「それは未だに許してません。でも、最終的に決断したのはサナ自身ですから。その件に関しては一旦《いったん》、保留としておきます」

エリカは歩み寄ると、ロディーヌに手を差し出した。

「なにより、私も魔族の真実を知った以上、ルインさん達の国作りに協力したいんです」

「エリカ……ありがとう。心強いよ」

ルインが微笑《ほほえ》むと、エリカもまた照れたように頬を赤らめる。

「いえ。微力《びりょく》ながらお役に立てれば光栄です」

「……私からも感謝を。頼《たの》むぞ、人間よ」

ロディーヌはエリカの手を握り返し、少しだけ苦い顔をした。

「しかし人間の、それも勇者と手を結ぶ日がくるとはな。かつてからは考えられぬ話であった」

「それは私達も一緒《いっしょ》だよ。ルインに出会うまではね」

リリスが言って、場が仄《ほの》かに、和《なご》やかな空気に包まれる。

「でも、これで新たな魔王だけでなく、人間の協力者も得られたな」

「うむ。また一歩も二歩も前進、というわけじゃ！　フハハハハハハハ！」

ルインが言い、サシャがいつものように高々と笑い始めた。

「――いえ。そう上手くはいきませんね」

直後、何処《どこ》からともなく低い声が聞こえ、前方から何かが飛び出すような音が生じた。

ルインは長年の経験から無意識に体が反応し、後方へと跳《は》ねる。

だがロディーヌを含めたサシャ達は、揃って『それ』の攻撃を受けた。

鋼にも似た素材で出来た輪が彼女《かのじょ》達の体に幾《いく》つも嵌《は》まり、強烈《きょうれつ》に締め付けて拘束する。

「ぐっ……なんじゃ……!?」

サシャが強引に解こうとするが敵《かな》わなかった。それ以外の者もスキルや権能を使おうとするが、まるで発動しない。ロディーヌの魔剣による効果が持続している為だ。

「あなた方の勝手な振る舞いも、ここまでです」

街の大通りから、ルイン達の居る城門に向けてゆっくりと歩み寄ってくるのは、ローブを纏った人物だった。

「あなた……まさか……!?」

アンゼリカの問いに、その人物はローブから垣間見《かいまみ》える口元を歪める。

「ええ。お初にお目にかかります。現魔王様の使い――アデモスに御座《ござ》います」

手をかけ、ローブを取り払《はら》うと、その姿が白日の下にさらされた。不気味なほどに青白い肌《はだ》をもつ男だ。痩躯《そうく》からは蝙蝠《こうもり》を思わせる翼《つばさ》が生えている。

「汝は、私を封印《ふういん》から解放した男……魔王の刺客であったのか！」

「ええ。ご無沙汰《ぶさた》しております、【剣永《けんえい》の魔王】様」

ロディーヌから射貫《いぬ》かれるような睨《にら》みを利かされても、男、アデモスはまるで意に介《かい》さない。それどころか、わざとらしい仕草で一礼することさえやってみせた。

「じゃあ、ロディーヌの封印は自然に解けたわけじゃなくて、現魔王によるものだったのか……」

ルインの呟きにアデモスは「その通りです」と頷く。

(なら、詳細《しょうさい》はまだ不明だが……現魔王によって解放された魔王は、すぐに全ての力を取り戻すということになるな)

ますます、敵に先んじられるわけにはいかないということだ。

「……しかし、なるほどの。こうなる事を見越《みこ》してロディーヌを解き放ったというわけか。

してやられたわ」

サシャが悔《くや》しげに舌打ちする。

「どういうことよ。まさかロディーヌがこの街を支配して、さっきみたいな騒《さわ》ぎが起こる法を定めるところまで分かっていたってこと?」

「その通りに御座います、【支海《しかい》の魔王】様。さすがの見識に御座いますね」

称賛《しょうさん》するように手を叩《たた》くアデモスに、アンゼリカは黙《だま》れとばかりに殺意を込めた眼差しを送った。

「ロディーヌ様のことは我が主より拝聴《はいちょう》しておりました故、ある程度はその動向を予測しておりました。尤《もっと》も現状を見定め、幾つか用意していた策の一つを選んだに過ぎませんが……」

にこやかな顔をしながら、アデモスは涼《すず》やかな声で、最悪の言葉を紡《つむ》ぐ。

「下級国民達の不平不満が溜まった頃合いを狙《ねら》い、我が同志の権能によってその憎しみを増幅させ、利用したということに御座います。いやはや、殊《こと》の外《ほか》、醜《みにく》い姿を見せて頂けてなによりでした」

「……私が魔剣の効果で場を収めるところまで見極《みきわ》めていたのか。やるではないか」

「お褒《ほ》めに預かり恐悦《きょうえつ》至極《しごく》に存じます。ロディーヌ様がわたくしの考え通りの行動をとるのであれば魔王使いもまたその情報を聞きつけ、この街に来るであろうと思いまして。そう事が運ぶよう、戦いの隙を狙わせて頂きました」

「その後、魔剣の効果が及《およ》ばないところまで逃《に》げて、全てが解決した後に現れてサシャ達を拘束したってわけか……」

つまりは何もかも見抜《みぬ》かれた上で先手を打たれていた、ということになる。

驚嘆すべきその洞察力《どうさつりょく》に、ルインは敵ながら舌を巻いた。

「左様に御座います、ルイン様。さしもの貴方様《あなたさま》もスキルを使えず、配下の魔王様方も権能を封じられた上で拘束されたとなっては、打つ手がないでしょう」

アデモスは糸のように細い目を薄《うっす》らと開けて、凍《こご》えるような冷たい瞳をさらけ出した。

「ご活躍《かつやく》は結構ですが――貴方様の存在がそろそろ目障《めざわ》りになってきましたので。この辺りでご退場願いたく思います」

彼の手から、サシャ達を縛《しば》り付けている輪が大量に生成され、浮かび上がる。

「先程《さきほど》は上手く逃げられたようですが、同じようには参りません。まずは貴方様の首から上を我が権能にて覆《おお》い、ゆっくりと殺して差し上げましょう」

嗜虐《しぎゃく》心を覗《のぞ》かせるように笑うアデモスが、指先をルインへと向けて来る。

「お役目ご苦労さまに御座いました。それではこれにて――」

と、彼が最後まで口にするより前に。

「ごめん、レイピアを借りるよ」

ルインは蹲《うずくま》るエリカの腰《こし》からレイピアを抜くと、即座《そくざ》にアデモスへと接近していた。

「――は？」

予想を超《こ》えた速度だったのだろう。先程まで余裕《よゆう》を見せていたアデモスの顔が、間の抜けたものに変わった。

「ギャアッ！」

直後、苦痛の声を上げ、アデモスが自らの顔を両手で覆う。しかし抑《おさ》え切れない血が隙《すき》間《ま》を縫《ぬ》って落ちた。ルインの放った刺突《しとつ》が、真《ま》っ直《す》ぐに両目を貫《つらぬ》いたのだ。

「あ……ぐ……こんな……！」

視力を失いながらもアデモスは後退し、手当たり次第に権能を放った。だがルインは全てを避《さ》け、更《さら》に追撃《ついげき》を加えていく。

「がっ！　ごっ……がぁっ！」

全身を次々と鋭《するど》い剣先《けんさき》で突かれ、アデモスがよろめいた。スキルの発動が封じられているとしても、ハイレア・ジョブによる身体能力強化はそのままだ。

ならば――己《おのれ》の身一つで、攻《せ》め立てるのみである。

「フフ……」

不意に、声が漏《も》れた。アデモスではない。ルインの後ろに居るサシャが発したものだ。

「フハハハハハハハハ！　アデモス、お主、肝心《かんじん》なことは調べなかったようだな！　ルインは魔王使いであるが故に強いのではない！」

彼女《かのじょ》は、何よりも愉悦《ゆえつ》を感じているかのように、誇《ほこ》らしげに叫ぶ。

「元々強い者が、更に魔王使いの力を得ただけなのだ！　お主如きが御《ぎょ》せる相手ではないわ！」

得物を構え、ルインは呼吸を一つ。

次いで――全力を振り絞《しぼ》り、致命となり得る一撃《いちげき》を突き出した。

「ごぶっ……ッ！」

汚《きたな》い声を上げ、防ぐことも出来ず腹にレイピアの切っ先を受けたアデモスは、そのまま吹《ふ》き飛んだ。受け身をとることさえ出来ず無様に転がり続け、そのまま倒《たお》れる。

「……す、すごい。魔族をスキルも使わず、あそこまで追いつめるなんて」

エリカが圧倒されたかのように、背後で呟いた。

「こ……このような……ただの人間相手に、このような……」

目から血を流し、仰向《あおむ》けになったままで、アデモスが信じ難《がた》いといった声を上げる。

「……ルインって、本当は九人目の魔王とかいうオチじゃないわよね？」

「今までのことを考えるとありえなくもない」

アンゼリカとリリスが半ば本気の口調で言い合っていた。

「……違うわ。生まれは関係ない。ルインの力はどれだけ周囲から馬鹿にされても諦《あきら》めず、自分を限界以上に鍛《きた》え上げ続けた賜物《たまもの》よ」

噛《か》み締《し》めるようにセレネが言って、心から願うように、声を上げた。

「ルイン――あなたの力を、見せてあげて！」

そんな彼女に応えるべく。

ルインはアデモスに向け、その腕《うで》を上げた。

「今の状態では、命まで奪《うば》うことは出来ないだろう。だから君には、気を失ってもらう。自分のやったことは、オレ達の力が復活した後で存分に後悔《こうかい》すればいい」

「ま、待て。待ってくれ。こんな……こんな展開は計画には……！」

アデモスは、上体を起こしたままで怯《おび》えるように下がっていく。そんな彼に、

「……覚えておくのだな、アデモス」

ロディーヌが、実感を込《こ》めて言った。

「世の中には、想像を超える存在が居るものだ」

瞬間《しゅんかん》。ルインは足を踏《ふ》み出し、飛び出すと、アデモスの額に向けてレイピアを繰《く》り出し――。

「……ッ⁉」

不意に。頭上で膨れ上がる気配に気づき、直前で地を蹴《け》って彼から離れた。

――天空から赤い光芒が、幾度《いくど》も降り注ぐ。

それは強烈な爆裂《ばくれつ》音と共に大地を広範囲《こうはんい》に亘《わた》って完膚《かんぷ》無《な》きまでに破壊《はかい》し、中心に居たアデモスを塵《ちり》も残さずに消し去った。

「少しは楽しめるかと思うたが、所詮《しょせん》はそこまでの男であったか、アデモス」

頭上から、圧を伴う声が響《ひび》く。

ルインが顔を上げると――そこには、一人の人物が浮《う》かんでいた。

色の抜けた真っ白な髪《かみ》を腰の辺りまで伸《の》ばし、漆黒《しっこく》のドレスを身にまとった女性だ。

その流れるような目にある瞳は、左が深い海を思わせるような青、右が流れたばかりの血を思わせるような真紅《しんく》に染まっている。

妖艶《ようえん》な雰囲気と共に、何処か権威《けんい》ある者特有の威厳《いげん》とも呼べるものが漂《ただよ》う相手に、ルインは自然と悟《さと》っていた。

「……お前は……お前は、まさか……」

女性は、厳然としてルインを見下ろしながら、

「そう、貴様が想像している通りだ魔王使いルイン。我はセオドラ」

ぞっとするような笑《え》みと共に、告げた。

「この世界を治める――偉大《いだい》なる魔王よ」

ルインを含《ふく》めたその場にいる全員に、緊張《きんちょう》が走る。

（まさか、現魔王が直接出向くとは……）

ルインが何があっても動けるよう、警戒《けいかい》していると、

「ようやく姿を見せたか。して、なんの用じゃ。部下の不始末を片づけにきただけか？」

隣《となり》にサシャが立ち、セオドラを見上げて鼻を鳴らした。アデモスが死んだ今、彼女を拘束する権能の力は解けている。

「いや、それはほんのついでよ。貰《もら》い受けたいものがあってな」

セオドラは言って、ゆっくりと指先を上げる。

「だがその前に……邪魔《じゃま》な者には、大人しくしておいてもらおうか」

微《かす》かな、弾《はじ》けるような響きが聞こえた。

だがそれは間もなく、鼓膜《こまく》を破かんばかりの轟音《ごうおん》へと変わり――。

「不味《まず》い……」

ルインが空を見上げて、全身に走る怖気《おぞけ》と共に叫《さけ》んだ。

「皆、逃げろ――――ッ！」

直後、頭上からアデモスを微塵《みじん》にした光の柱が次々と落ちてきた。

絶叫《ぜっきょう》が上がる。大地が次々と砕《くだ》けていき、瓦礫《がれき》が絶えずして舞い上がった。

濛々《もうもう》とした噴煙《ふんえん》が上がる中、かろうじてかわすことの出来たルインは、皆の無事を確かめる。だが、権能やスキルを使えない今、セオドラの攻撃を防ぐことは不可能だった。

「くっ……そ……」

かろうじてサシャは意識を保っていたが、他の全員は地面に倒れたまま動く気配はない。命までは失っていないようだが、しばらくは起きないだろう。

凄《すさ》まじい威力《いりょく》だ。現魔王が力を発揮した有様をまざまざと見せつけられて、ルインは自然と息を呑む。

「さすがよのう、魔王使い。我の権能から無傷で逃《のが》れた者は貴様が初めてだ」

感心したように言って、セオドラが手を振った。

気を失ったロディーヌの体が浮かび上がり、そのまま彼女の隣へと移動する。

「……ロディーヌをどうするつもりだ」

ルインの問いに、わざわざ言わなくても分かるだろうといった顔で、セオドラは答える。

「もらっていく。他の魔王は貴様にテイムされているが故、我の自由にはならぬが、こやつはまだ使えるようだからな」

「ふざけるな――ッ！」

ルインは跳躍《ちょうやく》すると、セオドラに向け、怒《いか》りのままにレイピアを突《つ》き出した。

「無駄《むだ》よ。アデモス程度ならともかく、そのような攻撃《こうげき》が我に通じるはずがなかろう」

セオドラが哀《あわ》れむような口調で手を滑《すべ》らせると、彼女の眼前に蒼《あお》い光の壁《かべ》が築き上げられる。それはルインの得物を受け止め、軋《きし》むような音を鳴らした。

「あああああああああああああっ！」

しかしそれでも、ルインは力を込め続ける。

全ての力を懸《か》け、是《ぜ》が非《ひ》でも己の意志を貫き通すように。

瞬間。

「……なに？」

先程まで確かにあったセオドラの余裕が、わずかに揺《ゆ》らいだ。彼女はありえないものでも見るように、眉間《みけん》に皺《しわ》を寄せる。

ルインが得物を突き立てた蒼き壁に、亀裂《きれつ》が走っていた。

それは徐々《じょじょ》に、だが確実に広がっていき。

驚《おどろ》くような声を漏らしたセオドラの目の前で、粉微塵《こなみじん》に砕け散った。

そのままルインが放ったレイピアの切っ先は、彼女の胸を突く。

衝撃《しょうげき》を受けてよろめくセオドラは、即座に赤い光芒によって反撃《はんげき》した。

ルインは腕を交差し己を庇《かば》うが、さすがに衝撃を殺すことは出来ずにそのまま吹き飛ぶ。

空中で体勢を整えて着地。素早《すばや》く見上げると、

「まさか……スキルを封じられた状態で我の権能を破るとは……」

様々な想いが入り乱れたような顔で、セオドラが呟いた。

「魔王使いに秘《ひ》められし特性が覚醒《かくせい》しかけているのか、あるいはこの男のもつ本来の力故か……」

しかしそれはすぐに、たった一つの感情へと収束する。

即《すなわ》ち――歓喜《かんき》、であった。

「面白《おもしろ》い……実に面白い男だ。此度の勝負は我の勝ちだが、再び相まみえた時、貴様がどれほど強くなっているか。楽しみに待っておるぞ、魔王使いルイン！」

笑みを浮かべ、セオドラはそう言い残すと。

ルイン達《たち》に落としたものと同じ赤い光に包まれ、ロディーヌと共に消えた。

「……——くそっ！」

ルインは怒りのままに拳《こぶし》で地を叩く。

（してやられた、か……）

敗北感に打ちのめされながら、座《すわ》り込んだ。

今までなんとかやれていた分、衝撃は大きかった。

もしや順調だと思っていたのも、所詮はセオドラの思惑《おもわく》通りでしかなく——自分は裏で嘲笑《あざわら》われていたのではないか。

らしくもないと自覚しつつも、そんなことを考えてしまうほど、気分が沈《しず》んでいった。

そんな自分の肩《かた》に、誰《だれ》かの手が置かれる。

顔を上げると、サシャがセオドラの消えた方向を見つめながら、口を開いた。

「敵もさるもの……か。しかしルイン。いいようにされたことは業腹《ごうはら》じゃが、奴《やつ》が動いたということは、それだけセオドラの中でお主の存在が大きくなっているからではないか」

「え……そうなの、か？　でも、それならどうしてあの場でオレ達に止めを刺さなかったんだ？」

スキルや権能が使えない今の状態であれば、一方的に攻め立てることも出来ただろう。

「分からぬ。別の目的があるのかもしれぬし、弱体化しているはずのお主が一矢《いっし》報《むく》いたことで、セオドラの中でなにかが生まれたのかも知れぬ」

「なにかって……なんだ？」

「……期待」

サシャの答えにルインが眉《まゆ》を顰《しか》めると、彼女は腕を組んで続けた。

「わらわの時代から考えると、この世界の人間は、勇者と呼ばれる者でさえ随分と弱くなっておるようじゃ。女神《めがみ》アルフラの力が減退していることも影響《えいきょう》しておるじゃろうが……奴はもしかすれば、その現状を憂《うれ》いておるのかもしれぬ」

「自分に対抗《たいこう》できるような相手が欲しいから、その可能性があるオレを放置したっていうのか？」

「あくまでもわらわの予想じゃが、な。もしそうだとすれば、恐《おそ》ろしい話じゃ。奴はそれだけ自分の力に自信があるのじゃろう。たとえルインが今以上に強くなったとしても、それを上回れるという自信がな」

確かに、あまり当たって欲しくはない予想ではある。

「でも、いずれにしろ……現魔王が姿を見せたということは、奴はこれから本格的に動き始める、ということか」

「じゃろうな。今まで以上の妨害《ぼうがい》があるやもしれぬし、部下を大勢連れて我らの前に立ちふさがるかもしれぬ」

その場に膝《ひざ》をつくと、サシャはルインを鼓舞《こぶ》するように、背を強く叩いてくる。

「じゃからして、いつまでも暗い顔をしておる場合ではないぞ、ルイン。さらわれたロディーヌを、そして別の魔王をセオドラより先にテイムする為にも、早急《さっきゅう》に策を練る必要がある。なにか考えはあるか？」

サシャとて、落ち込んでいないわけではないだろう。憤りも感じているはずだ。

しかしそんな己を全て抑え込み、前を向こうとしている。

相棒であるルインを、励《はげ》ます為に。

それを理解すると、次第に、気力が湧《わ》いてきた。

（……そうだな。やられたからって、やられっぱなしでいるのは性に合わない）

次は相手を出し抜く為に、すぐにでも動き出すべきだ。

「ありがとう、サシャ。やっぱり君は頼《たよ》りになるな」

「……べ、別に大したことは言っておらぬが」

照れ隠しのように咳払《せきばら》いするサシャに、ルインは笑みを浮かべた。

ゆっくり立ち上がると、考えながら口を開く。

「そうだな……現魔王、セオドラが本気になり始めた以上、こっちも戦力強化が必要になってくるな。もっと多くのヒトと手を結んだ方がいいかもしれない」

「ふむ。道理じゃな。……ならば、そうじゃ。国を解放するのはどうじゃ？」

突拍子《とっぴょうし》もない申し出に、ルインは「国？」と思わずサシャに問い返す。

「そう、この世界には現魔王によって占領《せんりょう》された国が幾つかあるのじゃろう。それらを解放し、協力を求めれば応じてくれるやもしれぬ」

「……なるほどな」

一国を同盟に加えることが実現すれば、確かにこの上なく頼りになることだろう。

「どの道、この街の住人を引き入れれば、いかにわらわの城とて少々手狭《てぜま》になるじゃろう。新天地を確保する意味でもやる価値はある」

「なんか、無茶苦茶《むちゃくちゃ》なこと言ってるわね」

疲《つか》れたような声にルイン達が振り向くと、アンゼリカが体を起こしたところだった。

彼女だけでなくセレネ達もまた、意識を取り戻している。

「良かった、目を覚ましたか。リリス、傷の回復を頼む」

ルインの要求にリリスは頷き、【キュアル・バタフライ】を使い、全員の傷を癒やした。

その後、ロディーヌが現魔王であるセオドラによって連れ去られたことを説明すると、彼女達は一様に俯《うつむ》いた。

「事情は分かったわ。でも……一介《いっかい》の冒険者《ぼうけんしゃ》が国そのものと協力関係になるなんて。そんなこと、本当に出来るのかしら」

セレネの発言に、アンゼリカは「もっともね」と同意を示しながらも、

「ただ、ムカつくけどセオドラの力は大したものだったわ。権能の全容も判明していないし、完全に魔力《まりょく》が回復していないあたし達が相手をするとなると、それくらいはした方がいいのかもしれない」

「そだね。それに……なんか、ルインだったらそれくらい出来る気がする」

リリスの発言に、その場にいた全員が、確かに、というように頷き合った。

「……なんか過剰《かじょう》な期待をかけられている気はするけど」

ルインが複雑な想いを抱《いだ》いていると、エリカが「そんなことはありません」と首を振《ふ》る。

「今回の件もルインさんが居たからこそ、解決したこと。あなたがいればどんな無茶なことでもどうにかなる――私もそう思います」

「そ、そうかな。そう言ってくれるのはありがたいけど」

「サナを助けるのに手を貸して頂いた恩もあります。私も出来ることがあれば何でもやりますから。やってみませんか？」

力を込めてエリカが言うと、その場にいた全員からの視線が集まってくる。

彼らが胸の内に秘めているであろう気持ちを受けて、ルインはしばらく考え込んだ。

だが――やがて、決断する。

「……分かった」

どこまでやれるかは分からない。それでも、敗北に足を止めて投げやりになるよりはずっと良い。

現魔王がこれまでと違《ちが》う手をとってくるのであれば、自分達も同じようにすればいいだけの話だ。

「挑戦《ちょうせん》してみよう。現魔王に奪われた国を取り返す」

ルインは仲間達をわずかな躊躇いもなく真っ直ぐに見つめ、覚悟《かくご》と共に言った。

「――皆《みな》、協力してくれ」

異論など上がるはずもなく。

瞬間、全員がほぼ同時に、了承《りょうしょう》の声を上げた。

Fin

あとがき

ぼくは幼い頃から、とにかく不出来なことの多い人間でした。

運動音痴で勉強も得意ではなく、話も上手くなければ手先も器用ではない。

昔、学校の授業でサッカーをやった時、ふざけて「サンダーキック！」と叫びながらボールを蹴ろうとしたら見事に足首をひねり、無茶苦茶痛かったので病院に行ったら「骨が折れていますね」と医者に言われたこともあります。

「珍しい折れ方しているけど何したの？」

と訊かれ、まさか「自己流の必殺技を発動したら反発を受けまして……」などと修行している少年漫画の主人公みたいに答えるわけにもいかず、曖昧に誤魔化したものです。

ただそんなぼくにも優しく支えてくれる方が沢山いまして、どうにかこうにかやってこられた次第なわけで。

そんな時、ぼくは感謝と共に「ああ、自分も助けを求められた時には手を貸してあげよう」と心から思いました。

その対象は他の「出来ない人」であるかもしれませんし「出来る人」が「出来なくなった人」になった時かもしれません。

出来る、出来ない、強い、弱い、それらは時と共に変化し、支え支えられて回っていきます。

だからこそどんな立場でも誰かを慮ることが大事なのだと、そんなことを考えながら本編を執筆しておりました。

お久しぶりです、空埜一樹です。「魔王使いの最強支配」三巻をお届け致しました。

今回は一巻、二巻とは趣向を変え、強敵同士のぶつかり合いをメインに描いております。

また、本作には「魔剣」が一つの要素として登場しています。

魔剣と言えば古来より様々な神話や伝説で語られてきた特別な武器であり、その力はどれも最強の名を持つに相応しいものばかり。

小説、アニメ、漫画、ゲーム、映画など様々な媒体に登場し、今なお、多くの人々の心を掴んでいます。

ぼくもその内の一人であり、魔剣を扱う強敵を登場させ派手に戦わせたいと切に願っておりました。

今回その夢を叶えたわけですが、書いていてしみじみ思いました。

魔剣の効果を考えた人、すげえな。

すぐに思いつくだろうと軽くとらえていましたが、中々どうして、相当に難しい。

これはいいんじゃないかとアイディアが浮かんでも既に他で使われていたり、たとえ斬新であっても実際に戦いに使うとそこまで役に立たなかったりと、苦労してしまいました。

更に本作の都合上、それを複数案生み出さなくてはなりません。

おい！　誰だ「いっぱい魔剣使える奴が出て来たら面白くなるはず」とか単純思考でやりやがった野郎は！　ぼくか！

と過去の自分を殴り飛ばす為にタイムマシンを開発してやろうかと何度も思いましたが、そんなことをしている暇があったら一個でも多くの魔剣を編み出した方がいい、という建設的な思考がかろうじて上回り、七転八倒しながらどうにか書き終えることが出来ました。

皆さんも魔剣を作ろうという時は、くれぐれもお気を付けください。

そんなことあるわけねえだろと思ったそこのあなた！

ぼくだって一年前はそうだったんですよ！

人生何が起こるか分かりません。明日にでも魔剣を百個考える状況にならないと、一体誰が言えるでしょうか。

そんな日に備えて、一日に一本は新しい魔剣を思いつくことを課題にしていきたいものですね。

嫌に決まってるだろ、という声が聞こえてきそうなので、ここからは謝辞を。

担当S様。毎度の如くご迷惑ばかりかけていて申し訳ありません。もうちょっとしっかりしたい！　と思いながら生きてはいます。（だから許されるわけでもない）

イラスト担当のコユコム様。今回も誠にありがとうございます。表紙のロディーヌが痺れる程に凛々しく格好良かったです。混浴シーンもばっちりだったのですが、該当箇所はあくまでも読者の方々を思って書いたところでありぼくの欲望の発露ではありません。ええ。二巻の時も同じようなことを言っていた記憶がありますが、気のせいです。

様々な場面で感想を下さる方々。もったいないお言葉の数々、嬉しく思っています。

最後に全ての読者の皆様へ。最大限の、感謝を。

またお会いしましょう。

四月　空埜一樹　ＢＧＭ『無し』

ブログ　『空ノページ』　http://sorano009.hatenablog.com/

HJ文庫 https://firecross.jp/
1009

魔王使いの最強支配 3

2022年6月1日 初版発行

著者——空埜一樹

発行者—松下大介
発行所—株式会社ホビージャパン

〒151-0053
東京都渋谷区代々木2-15-8
電話 03(5304)7604(編集)
03(5304)9112(営業)

印刷所——大日本印刷株式会社

装丁——木村デザイン・ラボ/株式会社エストール

ISBN978-4-7986-2844-8 C0193

ファンレター、作品のご感想
お待ちしております

〒151-0053 東京都渋谷区代々木2-15-8
(株)ホビージャパン HJ文庫編集部 気付
空埜一樹 先生/コユコム 先生

異世界と繋がりましたが、向かう目的は戦争です 1

著者／ニーナローズ
イラスト／吠L

科学魔術で異世界からの侵略者を撃退せよ！

地球と異世界、それぞれを繋ぐゲートの出現により、異世界の侵略に対抗していた地球側は、「科学魔術」を産み出した。その特殊技術を持つ戦闘員である少年・物部星名は、南極のゲートに現れた城塞の攻略を命じられ──。異世界VS現代の超迫力異能バトルファンタジー！

発行：株式会社ホビージャパン